アムール
テンマ
プリメラ
JN091525
異世界転生の冒険者
ISEKAITENSEI NO BOUKENSYA
14
そして、捜し始めること三〇分後……四〇階層で数人の冒険者をボロ雑巾のようにしていたアムールを発見したのだった。
「遅かった……か？」
「いえ、まだ動いているようですので、ギリギリ間に合ったかと……あっ！」
アムールの足元に倒れていた冒険者が動いていることに安堵したプリメラだったが、その次の瞬間にアムールの蹴りが顎を捉えた光景を見て驚き、言葉を失ってしまった。
「ん？　……あれ？　テンマとプリメラが、何でここに？」

マーリン
アーネスト
クライフ
テンマ
「よかったですね、テンマ様。あのお二人のおかげで、無駄に聞き耳を立てて窺っていた貴族たちが、いつもの口喧嘩だと判断したようですよ。当人たちにそのつもりはないのでしょうが……結果良ければですね。おっと、お茶のお代わりはいかがですか？　特別にすごく渋いものを用意いたしますが？」
「……三杯ください。そのうち一つはほどほどの渋さの砂糖入りで、残りの二つは激渋の砂糖なしをお願いします」
この後、クライフさんはさりげなく二人に激渋のお茶（一気に飲めるように、少し冷ましたもの）を渡し、その罪を俺に擦すりつけていた。

異世界転生の冒険者 14

ISEKAITENSEI NO BOUKENSYA

㊔ケンイチ　㊁ネム

contents

第一四章

第一幕

結婚式から半月後。俺とプリメラ……とオオトリ家関係者は、皆揃(そろ)ってサンガ公爵領へと向かっていた。一応、俺とプリメラの新婚旅行という名目なので、いつもの旅とは違い道中の御者や料理などは基本的に俺たち以外でやるということになったが、

「どけどけ、どけぇい！　新婚様のお通りや――――！　飛ばせ、アムール！」

「ライデン、ゴ――――！」

「シロウマルも頑張るのじゃ！　ソロモンに負けておるぞ！」

このように調子に乗る魚と虎と老人がいるせいで、ちょくちょく馬車の整備をしないといけないので割と大変だった。ちなみに、前に坂道や曲道で遊んで怒られたのを覚えているのか、今回は平坦(へいたん)で誰もいない道に限り暴走しているのだ。

もう少し大人しくしてほしいが馬車を改良したおかげで前のような被害は特になかったので、他人に迷惑がかからないのであればと好きにやらせていた……ら、

「「あっ……」」

何度目かの暴走の途中でライデンと馬車を繋(つな)いでいた金具が『バキッ！』という音をたてて壊れ、馬車は横転しかけてライデンだけが走り去るという事件が起きた。幸い、被害を受けたのは外にいたじいちゃんたちとアウラ（馬車が横転しかけた反動でジャンヌがぶつかり吹き飛ばされた）だけで、完全な被害者であるアウラはとっさにスラリンがクッション代わりになったので軽傷で済んだ。

しかし外のじいちゃんたちは草むらに放り出され痛がってはいたが、大きな怪我(けが)はなかったし自業自得なので、俺が馬車の修理をしている間、二人は土の上に正座させ、ナミタロウは簀(す)巻きにして日当たりのいい所に干した。ナミタロウなら簡単に逃げ出せるだろうが、その場合は『タケミカヅチ』を食らわせると脅したので大人しくするだろう。なお、ライデンは一〇分ほどで俺の所に戻ってきた。ただ、ちゃんと戻ってきたのはいいが全身がかなり汚れていたので、今はジャンヌとアウラに洗ってもらっている。

「プリメラ、じいちゃんたちが楽をしようとしないように、ちゃんと見張っておいてくれ」

「はい、わかりました」

いつもはじいちゃんに遠慮したような態度をとるプリメラも、先ほどの事故に関しては腹が立っているのかいつもより厳しい目で二人を監視していた。

「う～ん……やっぱり、金属疲労が原因の故障といった感じだな」

壊れた箇所が木でできた所ではないことは最初に軽く見た時に気がついていたので、金属疲労の可能性が一番高いと思っていたのだ。

そんな俺の呟(つぶや)きを聞いたじいちゃんとアムールが何か言いたそうに顔を上げたが、「まあ、暴走したことが金属疲労の大きな原因だろうけど」と言うとまた下を向いていた。

「これくらいなら、応急処置で何とか走れるようになるか……」

ただ、応急処置をしようにもそれなりに時間がかかるので、まだ早い時間だが今日はこの近くで野営の準備に入った方がいいだろう。

「プリメラ、この近くに村や川はなかったよな？」

「はい。このあたりはちょうど川からも村からも遠い場所になるので、どちらを目指すにしても歩きで数時間はかかると思います」

とのことなので、いっそのことディメンションバッグに皆で入って、じいちゃんに川か村まで飛んでいってもらおうかとも思った。だが、その方法を取るくらいなら最初から馬車で移動しなくてもいいのではないかと考えてしまいそうなので、新婚旅行気分の為にもじいちゃんでの移動は諦めて、野営中に馬車の応急処置をするのがいいだろう。それに、こういった（人為的ではあるが）トラブルも旅の醍醐味と言えるし、ここまで順調だったので旅の日程には余裕がある。

「プリメラ、あそこの丘を今日の野営地にしようと思うんだけど、このあたりで何か注意することはあるか？」

「いえ、私の知る限りでは特別に注意するような報告はなかったはずです。毒虫や毒蛇といった生き物はいるとは思いますが、このあたりで危険な魔物などが現れたということは聞いたことがありません。せいぜい、狼のような獣が出るくらいだったと思います」

なら対処は簡単だということで、少し小高い丘の上で野営することにした。

「準備をしてくるから、その間プリメラはじいちゃんとアムールの監視を頼むな。ジャンヌ、アウラ、俺が整地するからあとの準備は頼んだ」

野営の準備になれば解放されると思っていたのか、じいちゃんとアムールはまだ苦痛が続くと知ってつらそうな顔をしていた。さすがにここまで来ると、プリメラは二人に同情して許してはどうかというような顔で俺を見てきたが……俺には二人が演技をしている可能性が非常に高いと感じたので、二人の目の前で演技をやめないと夕食抜きだと呟くと、二人は即座につらそうな顔をやめた。俺の第六感は、やはり正しかったようだ。

にこやかな顔でプレッシャーをかけるプリメラに二人を任せ、俺は目星をつけた丘へと向かった。
丘の上には虫やトカゲといった小さな生き物しか見当たらず、安心して夜を明かせそうな反面、一面膝が隠れるくらいの高さがある草に覆われていたので、まずは『エアカッター』で大雑把に根元から刈り取り、残った部分は火魔法で燃やし、最後に土魔法で地面をならして整地を行った。いつもなら土魔法で生えている草ごと地面をならすくらいしかしないが、プリメラが毒草もあると言ったので念を入れたのだ。

整地が終わって火がくすぶっていないことを確認したのでジャンヌたちを呼び、ついでにプリメラにもじいちゃんたちを解放するように言った。もっとも、じいちゃんとアムールは足がしびれて動くことができないようなので、その場にほったらかしにするようにとも言い、二人には足が回復しだい干物になりかけているナミタロウの縄を解いて潤いを与えるように伝えた。

「俺は少し離れた所で馬車の修理をしてくるから、暇になったら好きにしていていいぞ。だけど、万が一に備えることだけは忘れるなよ」

ジャンヌとアウラに指示を出し、馬車から壊れた部分の金具を外して応急処置に取りかかった。
普通なら絶望的な故障ではあるが、この馬車を作ったのは俺で、しかもほとんどの部品を自分の魔法を使って製造したので、応急処置くらいなら特別な材料や道具を用意する必要はない。今回の故障も、壊れた部分に補強用の鉄板を火魔法で貼り付けて固めれば、最低でも普通の馬車くらいの速度で移動することはできるだろうし、もしもまた同じような故障をするようならば、最後の手段としてじいちゃんの『飛空魔法』でサンガ公爵の屋敷まで連れていってもらえばいい。できるのならば速度を落としてでも馬車で移動して、新婚旅行らしく旅を楽しみたいところではあるが、公爵家側の予定もあるので大幅に遅れることは避けなければならないのだ。

「テンマさん、少し早いですけど食事の用意ができたそうです」

最悪の場合も想定しながら作業を進め、あと少しで応急処置が終わるというところでプリメラが呼びに来た。キリのいいところまでやってから行くと言って空を見ると、まだ日が沈んでいなかった。季節的に日の入りの時間が早くなったことを考えれば、確かに食事の時間には少し早いだろう。もっとも、野営の時は夜の見張りなどもあるので、食事のタイミングが早くなるのは珍しいことではないけれど……今回の旅行では俺とプリメラは夜の見張りに参加しないので、夜中にお腹がすいてしまうかもしれない。

そんなことを考えながら応急処置をした箇所が大きく歪んでないかを確かめて、水魔法で冷やしてマジックバッグに入れた。あとは実際に取り付けてみて不具合がないかを確かめるだけだ。思ったよりも修理はうまくいったようなので、この分なら今回の旅くらいは十分持つかもしれない。

「ごめん、待たせた」

皆は俺が来るまで食事を待っていたので軽く謝って、俺の為に空けられていた場所（プリメラの隣）に座った。

「いただきます……の前に、じいちゃん、アムール、ナミタロウ、もう普通にしていいぞ」

食事の前に、正座しているじいちゃんたち（ナミタロウは正座の代わりなのか、何故かまだ縄で縛られたままだった）に声をかけた。それを聞いたじいちゃんたちはいつも通りの雰囲気に戻ったが……それも演技だろう。何故なら、俺が来る少し前に正座をし始めていたし、何よりナミタロウの縄が緩んでいる。

それを指摘すると食事の開始時間が延びそうなのでしなかったが、多分反省はしていると思うし、監視を頼んでいたプリメラが許可を出したのだろうからわざわざ指摘しなくてもいいだろう。

食事の後は、夜中から朝方の見張りを担当するじいちゃんとアウラが寝る時間まで各自好きに過ごし、夜は俺とプリメラもなるべく遅くまで起きて見張りの手伝いをした。一応、アムールとジャンヌが休む前に眠りについたが、じいちゃんたちの時にも手伝い程度はやっているのでアムールとジャンヌだけ特別というわけではない。あと、プリメラとほぼ同時刻に眠ったが、ベッドは男女で分けているので同じ布団ではない。

「じいちゃん、アウラ、交代するから少し寝ていいよ」

翌朝、日が昇るだいぶ前に目を覚ました俺は、外で見張りをしているじいちゃんとアウラに声をかけた。

いつもより早く目が覚めたが別に二人に気を使ったわけではなく、この旅ではいつもより体力を使っていないし睡眠も多く取れたので、自然と早くに目が覚めるのだ。

「うむ、それならば遠慮なく休ませてもらうかのう」

「ありがとう……ございます～」

じいちゃんはまだ余裕がありそうだったが、アウラの方はきつそうだったのですぐに馬車に入っていった。あそこでじいちゃんが遠慮すれば、アウラも遠慮しなければならないところだったので気を使ったのだろう。

「ナミタロウは……相変わらず、寝ているのか起きているのかわからないな……もしかすると死んでいるかもしれないから、ちょっと確かめてみるか」

ナミタロウの野営中の休憩場所は旅の直前に作った生け簀で、縦三メートル横四メートル深さ一メートルという巨大なものだが、ナミタロウのサイズだと泳ぎ回ることができない。したがって、生け簀の中で休む時は常にじっとしているわけなのだが、全くと言っていいくらい動きがないので、起きているのか寝ているのかわからないのだ。ちなみに、生け簀の水で手を洗おうとすると、ナミタロウは「煙を充満させた部屋で、あんたは寝られるんかい！」と烈火の如く怒るのだ。なお、怒られたのはアウラとシロウマルとソロモンだ。

「目の前にエサでも落とすのがいいんだけど……探すのが面倒臭いから、軽く雷魔法……はかわいそうだから、やっぱりやめておくか！」

そんなことを言いながら、移動したついでに軽く周辺を見回ろうと生け簀から離れると、

「何もせんのかい！」

と、ナミタロウが生け簀から飛び出してきた。ナミタロウは一応魚類ではあるが、水が合わなくて気がついたら死んでいたとかいう繊細さとは無縁の生き物だし、雷魔法と呟いた時に体が震えて

いたので狸寝入りだと気づき、あえて無視して離れることにしたのだ。

しかし、ナミタロウはそれが不満だったらしく文句を言ってくるので、無言で近づき水の中に手を突っ込んでみると、

「ビリは駄目や！　それは鬼畜すぎるやろ！　お菓子でいいんや！　お菓子で！」

と慌てだした。お菓子を生け簀の中に入れることで水が汚れるのではないかと訊いたが、「煙は駄目やけど、甘いにおいはご褒美やろ！」などと叫んでいた。そのせいで、騒ぎに気がついた（お菓子という単語が聞こえたからかもしれないが）シロウマルとソロモンが起きてきたので、お菓子を食べさせる代わりに見張りの手伝いをさせることにした。朝から騒がしくはあったが、そのおかげでプリメラたちが起きてくるまでの暇潰しにはなったのだった。


「今のところ、応急処置した所に問題はないようだな。プリメラ、『リンドウ』まであとどれくらいで着きそうなんだ？」

「そうですね……このあたりからですと、普通の馬車で六日くらいの距離だと思いますので、ライデンなら三日もあれば余裕を持って着くと思います」

『リンドウ』というのは、サンガ公爵領で一番大きくて公爵邸がある街の名前だ。今回の旅行はリンドウの公爵邸に一〇日ほど滞在し、その後は公爵領を南下しながらグンジョー市を目指し、そこから北上してセイゲンを通るルートで王都へ帰るのだ。予定では一か月ほどの旅行なので、多少予定が遅れても雪で足止めを食らうということはないはずだ。

「リンドウまで何もなければの話というわけやな！　さてテンマ、フラグも立てたところで、ここ

から数キロほど先で争い事のようやで。しかも、その一部がこっちに向かってきよるみたいやさかい、巻き込まれるのは確実やと思うで……どないする？」

屋根の上で景色を見ていたナミタロウが、器用にドアから入ってきてそんな報告をしてきた。

『どないする？』とは、逃げるか迎え撃つかということだろう。確認の為、俺も『探索』と『鑑定』を使って確認した結果……

「迎え撃とう。俺たちなら逃げ切ることは十分可能だけど、あの様子だと俺たちが逃げた後で大きな被害が出そうだ。争っている……というか襲われている相手には悪いけど、どんなに急いでも間に合いそうにない」

どういった経緯で争いが起きたのかはわからないけど、こちらの方角に向かってきているのは逃げているからだろうし、足止めなのか見捨てられたのかはわからないが、戦っていた連中はすでに全滅しており、その相手たちは逃げている連中を追いかけ始めていた。

「じいちゃん！　前方およそ二キロ先で、三頭の『ユニコーン』が向かってきている！　かなりの興奮状態みたいだから、接触したら戦闘は避けられないみたい！　俺が先行して相手の出鼻をくじくから、戦闘態勢で警戒よろしく！」

「ん？　おお、了解した！　ナミタロウもおるし、いつもより戦力が増しておるからのう。テンマが抜けたところを襲ってきたとしても何とかなるじゃろう」

じいちゃんは俺が『探索』と『鑑定』を使えることをすでに知っているので、まだ敵が全く見えていない状況でも納得して戦闘に備え始めた。

「逃げていたのは全滅……いや、かろうじて一人生きているみたいだな」

馬車から飛び出して数十秒後、三頭のユニコーンが逃げた連中に追いつき蹴散らしているのが見えた。逃げていた連中は商人のようで、荷物を載せた馬車でユニコーンから逃げていたがすぐに追いつかれたらしい。

戦っていた連中が全滅してからすぐに荷物を捨てたらしいが、そもそも普通の馬ではユニコーンからどうやっても逃げ切るのは難しいだろう。それでも最初から荷物を捨てていれば、もしかすると追いつかれる前に俺が間に合ったかもしれないが……たらればは言っても仕方がない。かわいそうだが、ユニコーンのような強力でレアな魔物に遭遇してしまった運のなさを恨むしかないだろう。

「ユニコーンをテイムできたらいいんだけど……あの様子じゃ、どうやっても無理そうだな」

ユニコーンたちは馬車を破壊し乗っていた商人たちを蹂躙(じゅうりん)しただけでは飽き足らず、まだ離れた位置にいる俺に気がつくと、狂ったように唸(うな)り声を上げながら向かってきている。五〇〇メートル近く離れているのにあれだけ敵意をむき出しにしているようでは、どうやったとしてもテイムはできないだろう。残念だけど、素材となってもらうしかない。

一般的に、ユニコーンはバイコーンとほぼ同格の魔物といわれているが、あの三頭合わせてもライデンの基となったバイコーンよりは多少手強いといった感じだった。あのバイコーンがずば抜けて強かったのか前方の三頭が弱いのかはわからないが、一人で戦っても問題はないだろう。読みが外れて危なくなったとしても、じいちゃんたちが来るまでなら粘れるはずだ。

「まっすぐ突っ込んでくるのなら……くらえっ！」

三頭は一塊になって向かってきているので、まだ二〇〇メートル以上距離があるが『エアカッター』で先制攻撃を試みた。さすがに距離があるので致命傷は与えられないだろうが、勢いは削(そ)げるだろうと思っての攻撃だったのだが……

「嘘だろ!? ほとんど効いていないぞ！」

距離があったので威力は落ちるだろうとは予想していたが、うまくいけば先頭にいるユニコーンを転がすことができるのではないか？ それができなくても、多少とはいえ血を流させることができるのではないか？ くらいは期待していた。だが、ユニコーンはそんな俺の期待を打ち消し、無傷で迫ってきている。

「多少速度は落ちたみたいだけど、角で魔法を打ち破るとか思わないだろ、普通」

そんな愚痴を言っている間に、ユニコーンはあと数秒で俺を自分たちの間合いに入れるというところまで来ていた。だが、

「『ストーンウォール』！」

ユニコーンが攻撃態勢に入る寸前に、俺は土魔法で一メートルほどの高さの壁を作り出した。

ユニコーンたちは突然現れた中途半端な高さの壁に対し、攻撃ではなく高く跳んで回避する選択を取ったようだ。跳んだついでに俺を踏み殺すつもりなのだろうが、俺とてユニコーンが迫ってきている状況でいつまでも同じ所に留まっているほど間抜けではない。

俺はユニコーンがジャンプした瞬間を狙って接近し、足元をすり抜けるようにして小烏丸を振るった。ユニコーンは空中にいる状態で足を切り落とされたので、俺を踏み潰すどころかバランスを崩して地面に頭から落ちることになってしまった。ただ、今の攻撃で三頭の脚を切り飛ばすことができればよかったのだが、地面に転がっているのは二頭だけであり、残りの一頭はギリギリのところで俺の攻撃を回避して何とか無事に着地を決めていた。もっとも、仲間の二頭が着地に失敗し

たのを見て動きを止めていたので、その間に二頭の首にハルバートを叩き込んでとどめを刺させてもらった。

実はこの土壁は、ユニコーンの攻撃を防ぐ為のものではなかったのだ。突進してくる相手の攻撃を防ぐ目的ならば、最低でも自分の体が隠れるくらいの大きさのものを作り出す。しかし、ユニコーンの突進力の前では、多少頑丈なくらいの土壁では簡単に壊されてしまうだろう。だからといって分厚い壁を作ろうとしてもあの距離では中途半端なものしか作ることはできなかっただろうし、作れるだけの距離があったとしてもユニコーンの身体能力ならばぶつかる前に回避されてしまう可能性があっただろう。

なので俺は最初から防御は考えずに、攻撃の布石としてユニコーンにジャンプさせるつもりで土壁を作ったのだ。

いくらユニコーンの身体能力が高くても地面を走る生き物である以上、空を飛ぶ魔法がない限り空中では無防備になってしまうからだ。

「馬の弱点といえば脚だからな。いくら軍馬よりも頑丈とはいえ、ユニコーンも例外ではないということだな」

作戦が決まって早々に二頭を無力化することに成功した俺だったが、ここで最後の一頭を逃がしてしまうと、俺のせいで人間に強い恨みを持ったユニコーンとなって無差別に人間を襲ってしまうかもしれない。そうさせない為にも、今ここで確実に倒しておく必要がある。もっとも、三頭でバイコーンと同等かもしれないといった感じだったので、よほど油断しなければ負けたり逃がしたりといったことにはならないだろう。

「おおテンマ、やはり無事に倒せたようじゃな。それで、被害者はどうした？」

最後のユニコーンを倒してから数分後に、じいちゃんたちがやってきた。じいちゃんが御者をやり、屋根の上でアムールとナミタロウが待機しているので、もし最後のユニコーンが逃げ出して馬車の方へ向かっていたとしても問題はなかっただろう。ちなみに、最後のユニコーンは仲間がやられたのを見て完全に戦意を喪失していたので、無防備になっている隙に首を切り落とした。

「一人だけ何とか助けることができたよ。まだ気を失っているけど、大きな傷は塞いだし脈も安定しているから問題はないと思うけど……何でユニコーンに襲われていたのかがわからないんだよね。だから今から、壊された馬車と捨てた荷物と、殺された人たちを確かめようかと思って」

死体を調べるのは嫌だが最初に殺されたのは冒険者のようだし、死体をこのまま放置するわけにもいかないので回収して、どこかの冒険者ギルドに運んだ方がいいだろう。

「じいちゃんは俺と一緒に死体の身元確認と回収。アムールとアウラは捨てられた荷物の回収で、プリメラとジャンヌはこの人の様子を見ていてくれ。ただ、どんな人物かわからないから、距離は十分に取るように。スラリンはプリメラとジャンヌの護衛で、シロウマルとソロモンは周囲の警戒、場合によっては迎撃だ。ナミタロウは……昼寝でもしていていてくれ」

ナミタロウはシロウマルたちと一緒にしてもいいのだが、陸上ではシロウマルたちの方が速いので待機させることにした。

「ふむ、ひどいものじゃな。どれもこれも踏み潰されておる。よほどユニコーンの癇に障ることをしたのじゃろうな」

五人分と思われる死体は、何度も踏み潰されたようで体のほとんどが原形を留めていなかった。その為、この場で人物を特定するのは諦めて、装備品と比較的原型を留めている体の一部だけを回収し、残りはその場に埋めた。

「マジックバッグに何か入っておるかもしれぬが、これはそのままギルドに提出した方がいいじゃろう」

冒険者の方の処理は終わったので、次は壊れた馬車の近くにある死体を調べに行こうとしたところ、アムールが大声で俺とじいちゃんを呼んだ。

「テンマ、これ」

アムールの所に急ぐと、アムールは捨てられた荷物の中から見つけたという白い布のようなものを取り出した。

「これは……ユニコーンの皮じゃな。しかも、サイズからすると仔馬じゃろう」

「そうするとあのユニコーンたちは、この仔馬の親だったたってこと？」

「じゃろうな。子供が殺されたから、あのユニコーンたちはあれほどの怒りをぶつけたのじゃろう」

別にユニコーンを殺してはいけないなどという決まりはないので、仔馬を狩るのは悪いとは言えないが……それで怒りを買って襲われた以上、あの冒険者や商人の自業自得ということになる。

「とりあえず、捨てられた荷物は全部回収しようか？　一応、捨てられていたものだから、発見した俺たちに所有権があるし」

これらの持ち主だった商人は生きているし、捨てたのではなく襲われた際に落としたものだと主張されるかもしれないが、あの状況では俺がいなければ確実に死んでいたので、所有権がはっきりとするまでは俺たちのものだとも言えるだろう。

「そこらへんの判断は冒険者ギルドを間に入れた方がいいじゃろうな。まあ、状況的にわしらのものだと言われるとは思うがのう」

「うむ！　テンマが間に合わなければ、荷物どころか命すらなくなるところだった！　それでもごねるようなら、ユニコーンの暴走に巻き込んだ代償を払わせるといい！」

商人はどう考えるかわからないが、冒険者からすればよほどの理由がない限り、捨てられていたものは拾った者に権利があると考えるのが一般的だ。もし返してほしいのならば、それ相応の謝礼を払うべきだろう。

「とにかく、死体も一部だけだったけど回収したし、このことを報告しに冒険者ギルドに向かわないとな」

死体や壊れた馬車の処理を終えた俺たちは、気絶している商人を見ていたプリメラたちと合流し、ユニコーンに襲われていた理由を話した。すると、

「テンマさん、ディメンションバッグにこの商人を軟禁してもらえませんか？」

助けた以上、このまま保護して最低でも近くの村か街くらいまでは連れていかないといけないだろうとは思っていたが、正直言って全く知らない者を馬車に乗せるのには少し抵抗があった。なので、ディメンションバッグに入ってもらうというのは賛成ではあるのだが、軟禁という発言が気になった。すると、

「実は、この商人がやってきた方角に、いくつかの小さな村があるのですが……もしかすると、ユニコーンの暴走に巻き込まれたのではないかと思いまして……」

確かに、あの時のユニコーンの怒り具合からすれば、追いかけている途中で人を見かけたとしたら、有無を言わさずに襲いかかっていたとしてもおかしくはない。もしこれがユニコーンの暴走が先で商人たちはそれに巻き込まれたのだとしたら軟禁する必要はないが、今回は商人たちが原因でユニコーンが暴走した可能性が高い為、領主の娘としては身柄を拘束しないわけにはいかないのだろう。

「わかった。ディメンションバッグに保護するという形で軟禁しよう。水と食料と理由を書いた手紙を入れておけばいいだろう」

さすがに『怪しいから軟禁した』だとこちらが犯罪者となるので、『身元がわからないので、隔離させてもらっている』という旨の手紙を書いた。それだけだと文句が出ると思うので、そちらのせいでユニコーンに襲われたという一文も入れておいた。

「それと、行き先をユニコーンが来た方角にある街に変更しましょう。もし本当にユニコーンが他の人を襲っていたとしたら、通り道に近い街の方が情報は入りやすいでしょうし」

というわけで、プリメラの提案で目的地も変更した。少し寄り道する形になってしまうが、公爵邸がある『リンドウ』までの距離が数十キロメートル延びる程度とのことだった。まあ、それくらいなら一日、長くても二日到着が遅れるくらいなので、誤差の範囲という感じだろう。

そして移動開始から数時間後。日が沈む直前に着いた街の冒険者ギルドに駆け込んだ結果……プリメラの悪い予感が的中し、軟禁していた商人は即座に衛兵に引き渡されることになったのだった。

第二幕

「せっかくの旅行だというのに、我が領の問題に巻き込んでしまって申し訳ないね」

ユニコーン騒動の後、無事にリンドウにある公爵邸に着いた俺をサンガ公爵は自室に呼び、頭を下げてきた。

あのユニコーン騒動の発端は、衛兵に捕まった商人が数名の冒険者と組んでユニコーンの仔馬を捕獲したというものだった。しかし、ユニコーンを狩ったり捕獲したりしてはいけないという決まりはないので、それ自体は違法でも何でもない。問題だったのは、ユニコーンを捕まえた場所からそう離れていない村で仔馬を解体し、日が変わらぬうちに血のにおいを残したままの状態で逃走し、逃走中も他に二つの村でわざと仔馬の血を捨てたことだ。その結果、怒りで暴走したユニコーンにより三つの村が壊滅状態に陥り、死者・重傷者多数という大惨事を引き起こした。

ユニコーンが暴走し、壊滅状態の村があるという知らせが来て大慌ての冒険者ギルドに、俺たちがその原因を作ったと思われる商人とその仲間の死体を持ち込んだので、確認作業や俺たちと商人との関係（それに関してはすぐに無関係と判断された）を調べる為に、二日も足止めを食らったのだった。

「三つの村を合わせて、死者・重傷者共に一〇〇人超え、軽傷者は三〇〇を超えるそうだよ。ただ、公爵領側の二つの村に限って言えば、被害は全体の三分の一以下というところだね」

そして、一番サンガ公爵を悩ませているのが、この事件が自領だけで起こったわけではないということだ。

ユニコーンが捕獲され、解体されたのは隣の子爵領。暴走したユニコーンが倒されて商人が捕まったのが公爵領で、倒したのと捕まえたのが公爵の娘婿の俺。

子爵側の村の被害は大きいが一つで、公爵側は二つの村が被害に遭っている。それに、子爵家と公爵家の力関係もあるし最大の問題として、

「あの商人、子爵家のお抱えだったそうだよ。まあ、子爵家はこの事件に関わっていないとのことだけど」

元凶が子爵家のお抱え商人ということだ。

暴走したユニコーンに関する情報は、俺たちがギルドに足止めを食らっている間に超特急で子爵家から直接サンガ公爵家へ送られてきたらしく、内容はユニコーンが自領で暴れたのち公爵領に向かったというものだそうだ。

子爵はすぐに公爵家に情報を送るようにしたらしいが、結果的にユニコーンが公爵領の村を襲撃する前に公爵の元へは届かなかったとのことだ。元凶の商人をお抱えにしているということで、俺は今回の件をごまかす為にあらかじめ作り話を用意していたのではないかと疑ってしまったが、子爵をよく知るというサンガ公爵は、あの子爵に限ってそれはないだろうと判断したそうだ。だが、俺のように子爵を知らない者からすれば疑わしいと感じるだろうし、被害者にしてみればなおのことだろう。

「子爵はすぐに商人の財産を全て押さえ、それを今回の被害者たちへの補償に充てるそうだよ。一応、子爵家からも補償は出すそうだけど……被害者を納得させるだけの額にはならないだろうね」

今回の事件に関しては公爵家も被害者といえるので、子爵家は公爵家にも賠償すると申し出てきているそうだ。もっともサンガ公爵は、「うちに回す余裕があるのなら、その分は実害を受けた者たちに回せ」と言って受け取らないつもりだそうで、さらに公爵家からも見舞金を出すとのことだ。

「オオトリ家も、今回の事件の被害者たちに見舞金を出しましょう」

「そうしてくれるとありがたい」

オオトリ家(おれたち)はユニコーンを倒し商人(はんにん)を確保したが、こちらから近づいたとはいえ襲われた形なので、どちらかというと被害者側の立場であり、子爵家から賠償金をもらう側になる。しかし、その一方でユニコーンを単独で倒した為、その素材はオオトリ家の総取りとなり、被害者でありながらも儲(もう)けでいえば一人勝ちしたような状況でもあるのだ。

そんな俺たちが自分たちだけ懐を温めていたら、最初は子爵家に向かっていた世間の怒りや疑惑は、間違いなくオオトリ家にも向けられることになるだろう。

そういったものを回避する為にも、オオトリ家として見舞金を出す必要があるのだ。サンガ公爵はそういった可能性があることをよく知っているので、見舞金に関しては何も言わないのだろう。ただ、見舞金を今回のユニコーンを売却した利益から出さないようにとは言われた。それをすると、貴重品であるユニコーンの売却記録が残ってしまうので、今度は「もっと出せたはずだ！」などという批判が出てくるからだそうだ。

どうしてもユニコーンを売却したいというのなら、公爵家が秘密裏に買い取ると言われたが……ユニコーンの素材は色々なことに使える貴重品なので、全てオオトリ家の為に使うつもりだ。お金に関しては地龍の素材やゴーレムを王家に販売した代金などがあるので、下手な貴族では比べものにならないくらいため込んでいるのだ。しかもそれらをほとんど使うことがなかった上に、その大半をマジックバッグの中に放り込んで持ち歩いている為、急な出費にも十分対応できる。

そう伝えると、サンガ公爵は残念そうにしていた。ユニコーンのような素材は公爵家であっても入手は難しいので、チャンスがある時に買っておきたいということなのだろう。

皮や骨、魔核といった素材は無理だが、元々肉の一部はお土産(みやげ)として渡すつもりだったので、予定量にいくらか上乗せするということで我慢してもらいたい。

「テンマ。公爵との話は終わったのか？」

サンガ公爵との話を終えて客間に案内されると、中ではじいちゃんが一人で本を読みながらお茶を飲んでいた。

「じいちゃんも来てくれればよかったのに……ところで、プリメラたちは？」

じいちゃんも話し合いについてきてくれればよかったのに、「面倒じゃ！」の一言を残してさっさと客間に引っ込んでいたのだ。

「プリメラなら、ジャンヌたちと出かけたぞい。アムールが街にどんな店があるのか軽く見ておきたいと言っておったから、今日のところは様子見だけしてそろそろ戻ってくるじゃろう……しかしこうなると、テンマやプリメラたちが買い物に行っている間、わしは暇になるかもしれぬのう。こんなことなら、アルバートをここに来させておけばよかったかもしれぬな」

「いや、アルバートも新婚だし仕事があるんだから、じいちゃんの暇潰しの相手をさせる為だけに呼ぶのはさすがにどうかと思うよ。それに、ここだったらじいちゃんの顔を知っている人は少ないだろうから、軽く変装でもして街をぶらつけばいいんじゃない？」

じいちゃんの暇潰しの相手の為だけにアルバートを呼び出すのは、いくら何でもかわいそうだ。まあ、サンガ公爵なら笑いながら呼び寄せたかもしれないけど、公爵家の嫡男が自領でこき使われているのを見たら、お義母さんたちも気を悪く……しないかもしれないな。むしろ、サンガ公爵との連名で呼び寄せるかもしれない。お義母さんたちにしてみれば、色々と気を使う存在であるじいちゃんの相手をアルバートに押し付けることができるし、その間はエリザと遊ぶこともできるのだ。王都を出る前に、エリザに一言声をかけた方がよかったかもしれない。

「まあ、王都では顔が知られすぎておるからのう。飲み歩きなんぞ気軽にできぬし……」

健康のことを思えばいいことじゃないか？　とは思ったが、羽目を外したい時に周囲の目を気にしないといけないというのはストレスがたまるものなので、旅の間くらいは指摘しないでおこう。

「それはそうと、ここ最近魔物の動きが活発になっているそうだから、街から街への移動には十分気をつけろって。まあ、さすがにユニコーンみたいなAランク以上の魔物は今回が初めてらしいけど、オークとかゴブリンといった魔物が群れで移動していたという報告が今年は多いから、見かけたら潰してほしいそうだよ」

「まあ、ゴブリンやオークの群れなら、それこそ数十単位にならなければ、わしらなら片手間で済むじゃろう。じゃが、できればゴブリンではなく、オークの群れの方に会いたいのう……肉が食えるしな」

ゴブリンに比べてオークの群れの方が被害は大きくなりやすいので、じいちゃんの発言は多少不謹慎ではあるものの、周囲への被害と倒した後のことを考えれば、オークの方がうま味は多いのも確かではある。

「依頼というわけじゃないけどサンガ公爵家の縁者が、公爵領が危険に晒されているのを見て見ぬふりをするのは外聞が悪いから、できる限りは助けようとは思うけどね。まあ、他の冒険者や騎士たちの仕事の邪魔にならない程度にだけど」

無視するのは論外だけど関わりすぎるのも問題が出てくるので、危険性の低いところならば近くのギルドに報告してから判断し、危険性が高いようならば即座に対処するという形でいいだろう。

「テンマ君、少しいいかい？　ああ、マーリン様もおられましたか、申し訳ありません」

じいちゃんと話し終えた後、プリメラたちが帰ってくるまで読書で暇を潰していると、サンガ公爵が客間に入ってきた。公爵はじいちゃんも出かけていると思っていたようで、気がつかなかったことを謝罪していた。

「何かありましたか？」

ユニコーン騒動のことで何か忘れていたことがあったのかと思ったら、

「今入ってきた報告に、湖でこれまで誰も見たことがない魔物が泳いでいるということなんだけど……」

「十中八九以上の確率でナミタロウです。迷惑をかけているのなら、一狩り行ってきますけど？」

ナミタロウはリンドウのすぐ近くにある湖のそばを通りかかった時に、「ちょっくら泳いでくる！」と言って飛び出していったのだ。俺の知り合いでここまで連れてきた以上、問題を起こしているのなら責任をもって対処しなければいけないと思い、じいちゃんと共に立ち上がったところ、

「いや、逆に湖にすみ着いている危険な魔物を何体も狩っているらしくて、漁師やその関係者が喜

んでいるそうだよ。ただまあ、倒した魔物を岸に山積みにしていて、色々と騒ぎにはなったそうだけど」

街道の近くに積み上げたせいで通る者が驚き混乱したり、積み上げられた魔物を打ち上げられたり捨てられたりしたものだと決めつけて盗もうとしたが、ナミタロウに見つかり成敗された冒険者がいたりと、かなり騒々しいことになっているそうだ。ただ、ナミタロウに感謝しているという漁師たちが積み上げられた魔物を見張り始めてからは、魔物に手を出そうとする者はいなくなったらしいし、ついでに野次馬の整理もし始めたとのことで混乱も収まりつつあるそうだ。

「今頃は公爵家の騎士が到着している頃だろうから、魔物の回収も終わっているんじゃないかな?」

サンガ公爵はそう言うが、ナミタロウもマジックバッグを持っているので、わざわざ積み上げているのには何か理由があるのだろう。そのことを伝えると、サンガ公爵も納得していた。

「やっぱり、俺もナミタロウの所に行った方がいいみたいですね。ライデンで行けば、そう時間もかからないでしょうし」

俺がそう言いながら玄関に向かおうとすると、じいちゃんも頷(うなず)き歩き始めた。そんな俺たちの後ろを、サンガ公爵もついてくる。最初は見送る為なのかと思ったが、どうも湖までついてくるつもりらしい。

「ナミタロウにどういった思惑があるのかはわからないけど、湖の魔物を間引いてくれたのは間違いないからね。直接そのお礼も言いたいし……何より、暇だからね」

急ぎの仕事がユニコーンの事件しかなく、その事件も今は子爵家側の返事待ちの状況ということで時間が空いているらしく、それなら街とその周辺の視察という名目で、暇潰しを兼ねてナミタロウの様子を見に行きたいとのことだった。

別に俺としてはライデンの引く馬車で移動するつもり（俺とじいちゃんだけなら飛んでいった方が行きも帰りも早いのだが、王都やセイゲンとは違い、リンドウだと飛んで移動すると騒動になる可能性もある）なので、人数が増えても問題はないので了承したが……いざ出発というところでサンガ公爵が出かけようとしていることに気がついたお義母さんたちもやってきて、皆で一緒に行くことになった。


「それにしても、思った以上に人が集まっていたね。大人気の観光スポットのようだったよ！」

湖でナミタロウたちを回収して公爵家の館に戻る途中、サンガ公爵はとても上機嫌だった。その理由はナミタロウたちが観光スポットのように囲まれて面白かったということもあるが、最大の理由はナミタロウの退治した魔物の素材の多くが公爵家のものになったからだ。まあ、正確には『リンドウの湖で働く漁師とその関係者への支援』を条件に譲られたものだが、それは巡り巡ってサンガ公爵家の利益となるので機嫌がいいのだ。ちなみに、譲った魔物は大しておいしくないものばかりであり、素材も（俺やナミタロウ基準で）そこまで価値が高いものではなかったので、ナミタロウはあっさりと手放した。それに対するナミタロウへの対価はというと、サンガ公爵領内において今後ナミタロウが発見された時は手を出さず、困っている時は助けるようにと漁師やギルドに通達するというものなので、サンガ公爵としては多少の手間はかかるものの懐は痛まないと二つ返事で了承していた。

それとついでに、オオトリ家もそのおこぼれに与る（あずか）ことができた。ナミタロウがサンガ公爵に渡さなかったおいしい魔物と、魔物退治の合間にナミタロウがゲットしていた湖の幸を得ることができたのだ。これは作り置きしていたお菓子と交換ということになったので、多くのお菓子を渡しはしたがそれでも釣り合いが取れていなかった。そのことを言うと、「足りん分は今回の旅の足代や！」と言われたので遠慮なく頂いた。

「それにしても、テンマに公爵よ……何故に御者席におるのじゃ？」

現在俺とサンガ公爵は、御者席でじいちゃんを挟む形で座っている。一応、この馬車の御者席は通常のものよりも広く作ってあるのだが、さすがに男三人だと少し狭い。

「いやだって、さぁ……お義母さんたちに行きで散々からかわれたのに、今度はプリメラがいるんだよ？　二人揃っていたら、どれだけからかわれることになるか……」

「それで、テンマは新妻を見捨てて逃げてきたというわけじゃな。サンガ公爵の方は……」

「私はからかわれることはないと思うのですが、あの限られた空間で女性陣だらけというのは、さすがに気後れしてしまいますからね。なので、ここは男同士で親睦を深めようと……」

「つまり、サンガ公爵も逃げてきたのじゃな」

確かにじいちゃんの言う通りなので、俺もサンガ公爵も何も言えずに黙ってしまったが……

「そう言うマーリンも女性陣から逃げるように、真っ先に御者席を陣取ったやないか。ちなみにわいは、屋根の上が指定席やから逃げたわけやないで。そもそも逃げる必要はないしな」

と、屋根の上で聞いていたナミタロウに突っ込まれて、じいちゃんも黙ることになってしまった。

そんな暗い雰囲気の御者席とは違い、馬車の中からは女性陣の楽しそうな声が聞こえてくる。聞こえてくる中で一番大きな声を出しているのはプリメラなので、やはりお義母さんたちにからかわれているようだ。

「やっぱり、俺の判断は間違っていなかった……」

「いや、テンマ……それ、かなり最低やからな」

俺の呟きはナミタロウに聞こえたようで、かなり真剣な声で批判された。さらには（というか、当然のように）プリメラには公爵邸に戻ってから拗ねられてしまい、機嫌を直すのが大変だった。

ちなみに、プリメラの機嫌を取っている俺を、サンガ公爵をはじめお義母さんたちやじいちゃんたちは楽しそうに見ていた。

「テンマさん。最初は大通りにあるお店に行こうと思っているのですけど？」

「いいよ。俺はどこにどんな店があるのか知らないから、行き先はプリメラに任せるよ。途中で気になる店があったらその時に言うから」

プリメラのご機嫌取りの一環……ではなく、予定通り新婚旅行らしくリンドウでデートの為に公爵邸を出ると、すぐにプリメラが行き先を提案してきた。しかし、俺はリンドウの街を全く知らないのでプリメラに任せることにした。ただ、それだけだとプリメラが気を使いそうなので、歩いている途中で気になる所があったら言うつもりだが、昨日馬車から見た限りではピンとくるような店を見かけなかったので、あるとすれば裏通りか公爵邸から離れている所だろう。これは、別にリンドウに大した店がないというわけではなく、俺自身が裏通りにあるような店を好むからだと思う。その証拠というわけではないが、他の街でも一人で買い物をする時は、裏通りの店に行くことの方が圧倒的に多い。

今日のデートではプリメラの行きたい所を中心に回り、行くことのできなかった所は明日以降の予定に入れることにした。そもそも、リンドウはプリメラの生まれ育った街であり公爵邸もあるので、今後も遊びに来る機会は何度もあるだろうし、滞在期間中は基本的にプリメラと二人だけで行動する予定なので、急ぎ足で見て回らずに数日かけて楽しめばいい。

そして、デート初日から帰った夕食は……何故かオオトリ家名物の海鮮丼を頼まれた。何でも、お義母さんたちのリクエストだそうだ。

海鮮丼の情報源は、いつの間にかお義母さんたちと仲良くなっていたアムールで、サンガ公爵は一応止めようとしたらしいが、王都で食べたことがあるのを何故言わなかったのかと責められ、公爵からも俺に頼むように言われたそうだ。

俺としては作るのは構わないのだが、一部品切れもしくは品薄のものがあるので、いつもとは少し違った形になると断ったが、お義母さんたちはそれでも構わないとのことだった。なので、今回はじゃんけんによる争奪戦はなしにして、最初から具材を一人分ずつ小皿に分けて出すことになった。じゃんけんが一番盛り上がる要素ではあるが、下手すると敗者には自分の苦手な具材ばかり集まる可能性もあるので、生魚をほとんど食べたことがないというお義母さんたちには、最初はこのやり方の方がいいのかもしれない。あと、生魚が駄目ということも想定して、ナミタロウが捕ってきたマスを焼いてほぐしたものや、川エビや川魚のてんぷらなども用意したのだが……お義母さんたちは生魚も平気そうに食べていたので、次にやる時はいつも通りの方法でもいいかもしれない。

◆サンガ公爵SIDE

「今回の海鮮丼もおいしかった。それにしても、マスを焼いてほぐしたものがあそこまでお米に合うとは思わなかったね」

夕食を終え、テンマ君たちと少し話しそれぞれの部屋に戻った後で、私は妻たちと自室でくつろいでいた。その中で多く話題に上るのは、当然ながら主にテンマ君だ。

上の姉二人の婿とは違い、貴族としての縛りがないテンマ君は腹の探り合いをしなくていい分、気が楽だ。それに多少無理を言ったとしても、貴族的な『貸し・借り』を気にすることがないのもいい。まあ、無理が過ぎればテンマ君もいい気はしないだろうが……テンマ君が怒る基準は、アルバートや他の二人を見ていればある程度わかるので、それを念頭に置いて接すればひどいことにはならない。もっとも、ひどいことにならないというだけで細かな仕返しはされたりすることもあるが、親しい仲でのおふざけといった感じなので気にはならない。せいぜい、お茶やお茶菓子などのランクが下がるくらいだし。

「そういえば、君たちはよく生魚を食べることができたね？　これまで、ほとんど食べたことがなかったんじゃないかと思うんだけれど？」

生魚自体は、たまに南部料理として出す店を見かけることもあるし他の地域でも食する習慣がある所も存在するので、全く食べたことがないというわけではない。しかし、公爵領や王都は基本的に魚といえば川のものだし、川魚は火を通さないと危ないと言われているので、公爵領や王都周辺ではよほどのことがないと生で食べることはない。なので、三人が躊躇なく生魚を口にしていた姿を見て少し驚いていたのだ。

「抵抗がなかったと言えば嘘になりますけど、さすがにリクエストした私たちが嫌がる素振りを見せるのは失礼に当たりますから」

「それに生魚だけではなく、半分くらいは火を通したものがありましたし、アルバートやプリメラが何度も食べているということですから、よほどのことがない限りは大丈夫だとも思っていました」

「におい消しのハーブやスパイスもありましたから、生でも食べやすかったですよ。正直、昔食べた南部料理が生臭かったので多少の怖さはありましたが、前に食べたものとは雲泥の差がありましたね」

確かに、巷にある南部料理を謳っている店が出すものとは、全くの別物と言っていいだろう。まあ、南部出身のアムールが言うには、「そこらへんの店の南部料理は、形だけ真似た偽物でまずい」ということだから参考にならないらしいし、テンマ君の料理はとてもおいしいけど南部のものとは微妙に違うとも言うので、『南部料理を参考にしたテンマ君のオリジナル』とも言える料理なのかもしれない。

「料理もだけど、テンマ君がユニコーンを退治してくれて助かったよ。もしテンマ君たちが遭遇しなかったら、どれくらいの村が被害に遭っていたことか……それこそ、子爵領の倍以上の被害は出ていただろうね」

「そうですね。悔しいですが、たとえ公爵家の騎士団が討伐に向かったとしても、三頭のユニコーンが相手では退治するのは難しいでしょう。おそらくは、追い返すので精いっぱいかと」

言葉とは違い悔しそうな様子が見えないオリビアの言葉に、カーミラとグレースも同意していた。

確かに、いくらユニコーンが強力な魔物とはいえ、サンガ公爵家の騎士団がそう簡単に後れを取るとは思えない。ただしそれは、ユニコーンが一頭だけだった場合の話だ。

一頭のみが相手なら、騎士を一〇〇人ほど向かわせれば多少の被害は出るだろうが討伐はできるはずだ。それに一〇〇人いて一頭ずつで三連戦なら、被害は大きくなるだろうが勝てないこともないだろう。だが、三頭同時となると話は違う。三頭同時ならば、最低でも五〇〇は向かわせないと討伐はできないだろう。三頭を分断することができれば、一〇〇ずつの計三〇〇もあれば倒せる計算になるだろうが、敵の数が増えれば計算通りにはいかないだろうし逃走される可能性も高まるから、やはり五〇〇は必要だ。

「騎士の数を増やせば行軍に時間がかかり、絞れば負けは必至……オリビア、カーミラ、グレース、先に言っておくが、もし仮にサルサーモ伯爵家とカリオストロ伯爵家、そしてオオトリ家を天秤にかけどれかを味方につけ、残りを敵にしなければならないとなった場合、私はオオトリ家を取るだろう。それがたとえ、実の娘と孫の命を危険に晒すことになろうとも」

公爵家の騎士五〇〇で倒せるかわからない相手を、テンマ君はたった一人で倒すのだ。しかも、圧倒的な力の差を見せつけて。そして、オオトリ家にはテンマ君と同等に戦えるマーリン様もおり、さらには南部子爵令嬢で王国でもトップクラスの戦闘力を持つアムールまでいる。親の情としては娘だけでも助けたいところだが、公爵家全体のことを考えるとテンマ君を敵に回すことは極力避けなければならない。

「確かに、守るものが少ないのに少人数で公爵家に匹敵する戦力を持つオオトリ家を敵に回せないのはわかりますし南部のこともありますから、公爵家のことを考えれば伯爵家を捨てるというのはわかります……が、そうなった場合、私は単独でもサルサーモ伯爵家の為に動きます。その結果、レイチェルと孫を助けることができないとなれば、私は娘たちのそばにいたいと思います」

「私もカーミラと同じ考えです」

カーミラとグレースは私の考えを理解しながらも、もしもの場合は公爵家を離れる覚悟があると答えた。二人が答えている間、オリビアはずっと黙ったままだ。おそらく、公爵家嫡男(アルバート)とオオトリ家正室(プリメラ)が見捨てられることはないとわかっているからこそ、自分に発言権はないと判断したのだろう。

しばらくの間、私たちの間には暗く思い雰囲気が漂っていたが、

「そろそろ、わざと重い空気を出すのはやめようか？」

「そうですね。あまり顔に力を入れすぎると、小じわが増えてしまいますし」

「ええ、そうね。あまりやりすぎるとストレスがたまるから、そろそろやめ時ね」

「今のところ実際に起こるとは思えないし、起こりそうになったらアルバートに頑張ってもらいましょう」

暗く重い空気を散らすように陽気な声で言うと、三人も明るい声で話し始めた。

たまにおふざけ半分でやることだが半分は真面目な話なので、たまにだが今日のように本当に空気が悪くなってしまうことがある。

そんな時は、誰かの合図で空気をリセットするようにしているのだ。まあ、そんな日の夜は妻たちが甘えてくるので色々と大変なのだが……そういえば、アルバートができた時も、こんな日だっ

たような気が……

などと思い、チラリとオリビアを見ると、彼女も私を見ながら微笑んでいた。まあ、さすがに最近は添い寝をするだけなので、第五子誕生ということにはならないだろう。多分……

◆

「よっ！　ほっ！　はっ！　……そいっ！」

「むっ！　むむっ！　むむむっ！　あたっ！」

「そこまでじゃ！　テンマの勝ちじゃな。では、これで組手は終わりにするぞ。あとは柔軟をやって朝の運動は終わりじゃ」

次の日の朝、俺は早くに目が覚めたので公爵邸の庭で軽く運動でもしようと部屋を出ると、ちょうど同じことを考えていたというじいちゃんたちと鉢合わせたのだ。

それで一緒に運動をしていたのだが、途中から三人で組み合わせを替えながら組み手をやることになり、それぞれと五回ずつ戦ったところで終了することになった。

ちなみに俺の戦績は、じいちゃん相手に二勝三敗、アムール相手に四勝一敗だった。そして、じいちゃんとアムールではじいちゃんの全勝で終わっているので、優勝はじいちゃんということになる。

「久々にテンマを相手にして勝ち越せたのう。まだまだ魔法なしの素手では、わしにも勝ち目は十分ということかのう？」

「むぅ……奇襲が決まらないとテンマには勝てなかったし、おじいちゃんにはその奇襲も通用しなかった」

　今回のルールは強化も含めた魔法と武器の使用が禁止で、オープンフィンガーグローブのようなものとレガースのようなものを着用しなければならないというものだ。なので、それ以外は危なくなければOKとなるのだが……アムールは俺に三連敗した後の一戦で、砂を俺の顔に投げつけて作ったわずかな隙を突いてタックルで転がし、関節技で勝利をもぎ取ったのだった。なお、じいちゃんとの最後の組み手で同じような手を使おうとしたが簡単に見破られ、思いっきり投げ飛ばされていた。ちなみに、俺がじいちゃんに負けた三戦は、読みを外された上で力攻めに遭った。強化魔法が使えるのなら力負けはしないが、素の筋力だと（年齢を考えると嘘みたいな話だが）じいちゃんの方が上なので、読みを外されると一気に流れを持っていかれるのだ。

「朝から元気だね」

　と、柔軟をしている俺にサンガ公爵が話しかけてきた。

「おはようございます、公爵様……ところで、何でそんなに疲れた顔をしているんですか？」

　挨拶をしようと振り返ると、そこには疲れた顔をしながら腰を叩いているサンガ公爵がいた。そんな公爵を見たアムールが、

「プリメラに弟か妹が！」

　と言うと、

「公爵は元気じゃの～」

　じいちゃんも続けて茶化した。普通なら不敬罪になるところだが、じいちゃんは相手を見てからやっているので大丈夫だと言っているし、実際にサンガ公爵も笑って許しているので問題はないと

思う。まあ、じいちゃんの場合、王族派のトップクラスの二人がよくからかわれているが特に問題になっていないので、その二人より地位が下のサンガ公爵は文句をつけられないという可能性もあるが……そうなると、何故アムールまで許されているのかが説明できなくなるので、ここは難しく考えずに、サンガ公爵の懐が深いのだと思っておこう。

「いえいえ、そういったことは全く……ではありませんが、ちょっとした理由で寝返りができなかったので、背中や腰が痛いのですよ」

サンガ公爵は肝心なところをごまかしながら疲れている理由を話していたが、じいちゃんとアムールはそのごまかしたところが知りたいのだと笑っていた。

さすがにそれは失礼だろうと二人を止めたが、サンガ公爵は笑いながら、

「単に、カーミラとグレースに挟まれて寝たせいで、身動きが取れなくて体が固まっただけだよ。三人で寝るのは久々だったから、二人が腕を離してくれなくてね」

ごまかしていたところを、のろけながら答えていた……というか、二人は実際にサンガ公爵がい・・・・たしていた場合どうするつもりだったのだろうか？　まあ、本当にいたしていたらサンガ公爵は絶対に話さないだろうが、じいちゃんは勘づきそうだ。

「そういうわけで体をほぐしたいから、ちょっと手伝ってもらっていいかな？」

サンガ公爵の頼みを聞いて、俺は公爵と組んで柔軟を始めた。サンガ公爵が俺に頼んだのは、俺が義理の息子ということで頼みやすかったからだろう。もしこれが何かの間違いでじいちゃんかアムールに手伝うように頼んでいたとしたら……犠牲者がまた一人増えるところだった。あの二人はたまに体の可動域の限界をいきなり広げさせようとする時があるので、柔軟どころか破壊になるこ

とがあるのだ。

「ところでテンマ君。プリメラはまだ起きていないのかな？」

柔軟をしながら話をしていると、サンガ公爵がプリメラのことを訊いてきたので「まだ起きていないみたいです」と答えた。

新婚旅行ではあるものの、さすがに公爵邸で一緒の部屋で寝るのは気まずかったので、今回は三部屋用意してもらい（用意してもらったのは、俺、じいちゃん、ジャンヌ・アウラ・アムールの三部屋で、プリメラはまだ自分の部屋が残っている。ナミタロウは公爵家の庭に生け簀を出しているが、湖で過ごしたりするのでいないことが多い）別々に寝たのだ。

「プリメラは昨日遅くまでお母さんと話してたみたいだから、まだ起きてこないと思……います」

「そういえば、昨日寝る前にプリメラの所に行ったら、オリビアさんがいたな」

寝る前にプリメラと少し話そうと思って部屋を訪ねたら、オリビアさんが出てきて驚いたのだ。さすがに寝間着姿のオリビアさんがいる状況で部屋に入るのは憚れたので、ドアの所から「お休み」とだけ言って自分の部屋に戻ったのだった。アムールも、俺と同じように寝る前にプリメラの様子を見に行ったのだろう。もしかするとプリメラの部屋に興味があり、あわよくば使わせてもらおうとでも思ったのかもしれない。

「プリメラの仕事柄、リンドウの公爵邸に戻ってくることも少なかったし、結婚したから今後同じ部屋で寝るという機会はもっと減るだろうからね。だからオリビアはプリメラと同じ部屋で寝ると言ったんだろうけど……それで寂しくなったカーミラとグレースが、仕方がないから私の横で寝ると言い出したん……いたっ！　テンマ君、もっと優しくお願い」

俺の呟きを聞いたサンガ公爵が、プリメラの部屋にオリビアさんがいた理由を教えてくれたが、後半はのろけ話になったのでそこは聞き流して、少し強めに公爵の背中を押した。

「ふぅ～……だいぶ楽になったよ。ところで、ユニコーンの仔馬の素材のことは何も言わなかったけど、何か使い道があるのかい？」

仔馬とはいえユニコーンである以上、その素材はかなりの価値と使い道がある……が、自分で狩ったわけではないし、狩られた状況やその後が後味悪すぎるので、使い道に迷って死蔵させてしまうくらいならどこかに埋葬しようと考えているのだ。ただ、問題はその場所だ。たとえ完全に灰になるまで燃やして埋めたとしても、その埋葬場所が誰かにバレてしまうと、絶対に掘り起こされてしまうだろう。

そのことを伝えるとサンガ公爵は少し考えてから、

「それなら、この屋敷の庭に埋めてはどうだい？　公爵家の名を使ってリンドウのどこかにお墓を作ってもいいけど、それだと観光地になりそうだからね。その点、この屋敷の敷地内ならお墓に近づくことのできる者は限られるし、管理もやりやすいからね。それに、今回の事件の犠牲者を弔う慰霊碑を立てる計画があるんだけど、それに合わせてテンマ君がユニコーンの仔馬を弔ったという話が広まれば、悪いのは暴走したユニコーンではなく、ユニコーンの子供を襲ってわざとその被害を広めた愚か者の方だと印象づけることができるからね。下手にユニコーンを悪者にしすぎて領民に『ユニコーンの討伐を！』……なんて望まれでもしたら無駄に犠牲者を増やすだけになるかもしれないから、被害を出したのはユニコーンだけど、同時に被害者の立場にもあるという形にしたいしね」

ということだそうで、公爵家の入口付近にユニコーンのお墓を作る場所を用意してくれることになった。

何故入口付近なのかというと、そのあたりなら他の貴族や何らかの理由があって訪れた領民の目に留まりやすいからだそうだ。観光地化するのはよくないが、完全に他人の目に入らない場所というのも駄目とのことらしい。

そういうわけで、急遽ユニコーンのお墓作りが始まった。もっとも、ぱっと見でお墓かそれに近い何かだとわかる程度にするつもりだったので、公爵邸の庭にあった大きな庭石を使い、二メートルほどある五角錐の墓石を作った。

最初は俺の手持ちの石か土を固めたもので作ろうと思ったが、どうせだったらいい石で作った方がいいと、サンガ公爵が庭石を提供してくれたのだ。

確かに墓石を作るのならば、それなりにいい石を使わないといけないというのはわかるのだが、その為に庭のバランスを壊していいのかと訊くと、二〜三年に一回くらいの割合で庭の配置をいじっているそうなので大して問題ではないとのことだった。

大きな庭石だったが、ゴーレムに支えさせながら魔法で削ったので、大きさの割に大して時間はかからなかった。墓石ができた後はその流れで設置まで済ませようとしたが、途中から様子を見ていたプリメラの提案で朝食の為に中断し、その後で作業を再開した。

まずはサンガ公爵が指定した設置場所に二メートルほどの穴を掘り、そこにユニコーンの仔馬の素材全てと、親たちの素材の一部を入れ火魔法で灰になるまで燃やした。ただ、骨と違って魔核は形が残っていたので一度取り出して、砕いてから再度穴に戻すことになった。そうしないと、万が一の場合にユニコーンの仔馬がアンデッドと化す可能性があるからだ。まあ、仔馬なのでそこまで被害が出ることはないだろうが、それでも戦う術を持たない人からすると脅威には変わりないし、何よりもう一度殺されるというのはかわいそうだ。

「テンマ、もう少し右に移動。そして、ほんの少し右回転……ストップ！　そのまま、そのまま……完璧！」

アムールの指示に従って、俺は『ギガント』を使って五角錐の墓石を下ろした。穴を埋め直したその上に墓石をそのまま置くと倒れる恐れがあったので、墓石の三分の一くらいまで穴の中に入れ、その周りを改めて埋め直して念入りに固めた。これなら墓石の重心が土の表面あたりかその下くらいに来るはずなので、普通に暮らしているくらいでは倒れる心配はないだろう。

無事にお墓が完成すると、サンガ公爵が最初に花を置いてユニコーンの冥福を祈り、その次が俺とプリメラ、その次がお義母さんたち、そして最後にじいちゃんたちという順番で進み、簡易的ではあるがユニコーンの葬式を終えた。

お墓を作り始めた時はここまで本格的にするつもりはなかったし、命を奪った側の冒険者が奪われた側の魔物の冥福を祈るというのも矛盾している気もしたが、じいちゃんとサンガ公爵に『奪われた側の冥福を祈ると同時に、その命を無駄にしないと誓う為の儀式だ』というようなことを言われたので、感じた矛盾などは頭の片隅に追いやり、ユニコーンのことだけを考えて祈りを捧げた。

お墓の設置と葬式は昼を少し過ぎた頃には終わったので、そのまま俺とプリメラは二人で街を回ることにして、じいちゃんたちはシロウマルとソロモンの散歩を兼ねて街の外へ向かうことになった。

出かけてすぐに探したのは食事のできる店だが、まだ昼時と言っていい時間帯であり、なおかつ

俺たちは出遅れていたので、席に空きのある店を求めてかなり街中を歩き回る羽目になってしまった。

ようやく見つけた店は冒険者ギルドの近くにある店で、お世辞にも上品とは言えない所ではあったが味は満足できるものだった。デートで入るような店とは言い難かったが、俺はよくこういった店を利用していたしプリメラも特に気にしなかったので、いい店を見つけた程度の認識だった。

「プリメラ、悪いけどギルドの様子を見てきてもいいか？」

「ええ、私も気になっていたので構いません」

食事を終えた後、デートで行くような所ではないと理解はしているが、先ほど昼食をとった店で聞いた冒険者たちの話がどうしても気になったのだ。

軽く変装（バンダナをしたり髪を束ねたり）してギルドに入ると、中はかなり活気があった……というか、騒がしかった。ただ、サンガ公爵家のお膝元だけあって、女連れで入ってきた俺にちょっかいをかけてくる冒険者がいなかったのは面倒臭くなくて助かった。

誰から話を聞こうかとギルド内を見回していると、一人の男性職員が声をかけてきた。最初は俺が戸惑っているように見えたのかと思ったのだがそのまま奥の部屋に案内されたので、ギルドに入った時から正体がバレていたのがわかった。

奥の部屋では、ギルド長だという筋肉隆々の男性がいた。プリメラによるとすでに六〇を超えている年齢だそうで、何となくじいちゃんと気が合いそうな感じがした。

そのギルド長に昼食をとった店で耳にした情報……ゴブリンやオークの群れが立て続けに発見されたという話を振ると、すぐに詳しい情報を教えてくれた。

それによると、東から南東方面でゴブリンの群れが七つと、オークの群れが四つ発見されたという報告があった。

ゴブリンは五～二〇、オークは五～一〇の群れだったそうで、このギルドに報告が来た頃にはその全ての群れが討伐された後だったそうだが、それらの群れが同じ方向から来たということで、まだ発見されていない群れがあるのではないかと騒いでいる冒険者がいるのだそうだ。ゴブリンだと、たとえ二〇の群れを壊滅させたとしても大した稼ぎにはならないが、オークだと一頭でもそれなりの金額になるので、一〇の群れを見つけて倒すことができれば、なかなかの稼ぎになるのだ。その為、普段はソロや二～三人くらいで活動している冒険者が、臨時のパーティーを組もうとしてうるさくなっているらしい。

ギルド長の話で特にリンドウ周辺が大変なことになっているのではないとわかったので、俺とプリメラは礼を言ってギルドの裏口から出ていくことにした。このまま正面から出ていくと、俺たちが奥に連れていかれたところを見ていた冒険者たちが声をかけてくる可能性があったので、こっそりと抜け出すことにしたのだ。

「ギルドでこれだけ騒がしくしているとなると、お父様にも報告が行っているでしょうね」

「多分、俺たちと入れ違いになったんだろうな。何にせよ、ユニコーンのような騒ぎじゃなくてよかった。あのクラスの魔物だと、多分俺たちに依頼が来るだろうからな」

リンドウを活動拠点にしている冒険者の中にはAランクの冒険者も十数人いるとのことだが、全員が同じパーティーというわけではなく、今も半数以上が別の街に依頼で出向いているとのことなので、すぐに集めることはできないそうだ。そういったこともあり、確実に対応できる冒険者ということで公爵自らの名で『オラシオン』に指名依頼が入るだろう。

「ええ、リンドウの冒険者や公爵家の騎士団では対応できない相手ならともかく、そうではないのに他の冒険者の仕事を取るのはよくありませんからね」

あくまでも『オラシオン』の活動拠点は王都とセイゲンなので、いくら俺がSランクの冒険者とはいえ、リンドウではよそ者なのだ。指名依頼が来たのならともかく、普通に活動する分には気を使わなければならない。まあ、すでに『オラシオン』の臨時メンバーであるナミタロウが湖で大暴れしてしまったが……運よく湖を生活拠点にしている漁師たちを味方に付けることができたので、あれは例外中の例外といったところだろう。

「しかし、東や南東方面にまだ群れがいる可能性があるとすれば、リンドウを出た後も気をつけないといけないな。下手をすると、他の冒険者が目を付けていたとか言って、文句をつけてくることも考えられるし」

リンドウの次は、サンガ公爵領を南下してグンジョー市を目指す予定なので、もしかすると他の群れに遭遇するかもしれないのだ。そして、そんな群れを狙って行動している冒険者とも。

「まあ、そこは話し合えるところは話し合って、それで駄目なら早い者勝ちだと言うしかないのではないですか?」

戦っている最中に乱入して横取りするのはご法度だが、たとえ他の冒険者が戦った魔物だとしても、一度逃がしたり見逃したりしたものは基本的に次に遭遇して倒した者に権利が移るので、それで納得させるしかないだろう。まあ、全ての冒険者がそれで納得すれば、どれだけ楽な話だろうというところだが。

そんなことを話しながらデートを続け、日が暮れる前に公爵邸へ戻ると……

「おおっ！　テンマ、今日は肉が手に入ったぞ！」

「今日は焼肉！」

リンドウの外へと遊びに行ったじいちゃんたちがオークの群れと遭遇したそうで、八頭分のオーク肉を手に入れたと報告してきた。

「……遭遇してしまったのは仕方がないけど、どうやったらオークの群れが誰にも見つからずにリンドウの近くまで来られるんだ？」

「多分ですけど、冒険者の……というか、冒険者ギルドの職員も含めたほとんどの人が、東や南東ばかりを気にしすぎて、先行してリンドウの西側に到達していた群れを見逃していたのではないでしょうか？　もしくは、移動してきた群れとは関係なしに、元々西の方にオークの群れが生息していた……とか？」

プリメラの言う通り、誰もが固定観念にとらわれて、西側にも群れがいるかもしれないということが頭から抜けていたとしか考えられなかった。

しかもじいちゃんたちは、外でオークを倒した後は直接公爵邸に戻ってきたとのことで、ギルドに報告はしていないそうだ。

「公爵様、馬車を一台お貸しください。じいちゃんと一緒に、ギルドに報告してきます」

なのでギルドに出向いて、直接ギルド長に西側の危険性を伝えに行くことにした。元々生息していた群れと遭遇したのならそこまで急ぐ必要はないが、もしこれが東から来た群れを見逃した結果だとしたら、西側にある村や町、それに通行人が危険に晒されることになる。

そのことをサンガ公爵に伝えると、公爵は慌てて馬車を手配してくれた。用意している最中に、公爵が何故自前の馬車とライデンを使わないのか訊いてきたが、単純にリンドウでは公爵家の馬車を使って乗り込む方が影響力は強いからだ。

オオトリ家の馬車でも効果はあるだろうが、リンドウなら公爵家の方が知名度と影響力が圧倒的に上なので、もし俺の報告が冒険者たちに無視されたとしても、公爵家の使いという形で報告に行けば、最悪ギルドの方から強制的な依頼という形で冒険者を動かすことができるのだ。

そんな俺の考えは的中し、俺とじいちゃんの報告を盗み聞きしていた冒険者たちは、その危険性を無視して東か南東に行こうとしていたが、ギルドを出る前にギルド長に捕まり、西側の偵察へと向かわされることになった。その無理やり西に向かわされた冒険者たちはいくつかのゴブリンやオークの群れを見つけ、討伐と素材の報酬を手に入れることができたのだった。しかもそれは、東や南東に向かった後発組の冒険者を超える儲けとなったので、冒険者たちは東や南東だけでなく、リンドウを中心とした全方角に冒険者がゴブリンやオークの群れを探しに行くことになるのだった。

「公爵様、お世話になりました。お義母さんたちもお元気で」

「ああ、こちらとしてもテンマ君たちが来てくれて助かったし、楽しかったよ。ところで、何故私だけお義父(とう)さんと呼んでくれないんだい？」

最初に会った時から『サンガ公爵』と呼んでいたせいで、今更改めて呼称を変えるのは何だか恥ずかしいのだ。それに、お義姉(ねえ)さんたちの旦那も基本的に公爵と呼んでいるそうなので、貴族である義兄の二人を差し置いて俺だけお義父さんと呼ぶのはおかしいという後付けの理由もある。もっとも、サンガ公爵が次の代に移ったとしても、アルバート相手に呼び方を変えるつもりはない（ちなみに、この件に関しては本人にすでに伝えており、公式の場以外ではそれでいいと許可をもらっている)。

そんな感じでサンガ公爵邸での滞在を終えた俺たちは、予定通り次の目的地であるグンジョー市を目指すことになった。

当初の予定より二日ほど滞在が延びたが、元からリンドウではその可能性も考えて旅行の予定を立てていたので、二日くらいの遅れでは今後の予定に変更はない。ただ、東や南東方面からゴブリンやオークの群れがよく現れているということなので、その群れに連続で遭遇してしまうと、もしかするとグンジョー市に到着するのが遅れてしまう可能性がある。まあ、遅れそうだからといって、近くで群れを狙っている冒険者がいない状況で発見してしまった時は群れを殲滅(せんめつ)して素材の回収くらいはするが、そういった時以外は基本的に関わらないようにするつもりだ。

もしも群れを殲滅する時は、速度重視で素材の価値は二の次三の次にするつもりだ。何せ、肉は元々あった在庫に加えてじいちゃんたちがリンドウで狩ったものがあるので、もったいない気はするが今回は素材を破棄することも考えていると言うとアムールたちから反対されたが、今回の旅は俺とプリメラの新婚旅行が主な目的なので、すでに俺とプリメラの間で決まったことだと言って抗議の声は無視した。

第三幕

「テンマ。そろそろ野営に入りたいところなのじゃが、思っていたより他の冒険者が多くての。このままだといらぬトラブルが起こるかもしれぬから、日が暮れるギリギリまで先に進みたいのじゃが、どうじゃろうか？」

夕方近くになり、そろそろ野営の準備に入らないといけない時間帯になったところで、御者をしていたじいちゃんからそんな提案が出た。それを聞いて『探索』で周囲の気配を探ると、確かに俺たちの他に四組の冒険者パーティーが割と近い所にいた。

なのでじいちゃんの言う通り、この場所での野営は見送ることにした。

「このあたりは川が近くじゃし、ちょうど風よけになる丘もあるからのう。人気があるのは仕方がないじゃろ」

これが大きな街の近くなどであれば、盗賊まがいのことをする冒険者パーティーである可能性が低いのだが、ここはリンドウから少し離れた場所（通常の馬車だと一日半くらい移動した所）なので、警戒するに越したことはない。まあ、全員合わせても見張りのゴーレムの守りを超えることができるとは思えないけど。

この近くで野営をしていたパーティーのうちの何人かは、この場所から離れていく俺たちの様子を見ていたが、追いかけようとする様子は見られなかった。

もしかすると、もうすぐ日が暮れるという時間帯なのにこの場所で野営をしない俺たちを怪しんでいるのかもしれないが、俺やじいちゃんはもちろんのこと、ジャンヌとアウラも野営に必要な魔法はある程度使えるので、丘や川がなくても風よけや水の問題はない。なので、周囲に警戒しなければいけない対象がいないのならば、たとえ草原のど真ん中でも快適な野営地を構築できるのだ。むしろ、無人の草原で野営する方がいいかもしれない。

その代わり草原だと魔物に襲われる心配はあるが、俺たちの場合だとゴーレムが主に見回りをするので、敵か味方かわからない人間よりも、ほぼ確実に敵だと判断することができる魔物の方が対処しやすいのだ。ただ一つ、ゴーレムに『近づいてくる魔物を排除しろ』と命令すればいいだけなのだから。

そんな感じで草原を進むこと数十分。じいちゃんが今夜の野営場所として選んだのは、草原のど真ん中にある小高い丘だった。

その丘の中心に馬車を停めて、その周囲に風よけの土壁を作れば野営地はほぼ完成で、他はゴーレムを周囲に配置しナミタロウの生け簀を出せば、俺の仕事は終わりだ。

それからジャンヌとアウラの作った夕食を食べ、シロウマルの散歩をしたり皆とゲームを楽しんだりし、俺とプリメラはいつものように早めに眠りについた……が、

「アムールも気がついたみたいだな。それにプリメラも」

夜中に周囲の異変に気がついて目が覚めた。小烏丸を手に取って外に出ようとすると、同じく女性用の区画からアムールとプリメラが姿を現した。

二人ともまだ完全に目が覚めていないようだが、それでも武器を持って出てくるくらいの危機感はあったようだ。ただ、感じた異変はすでに安全なレベルまで下がっているようだが、外の様子を

確かめなければいけないので、そのまま三人で馬車から出た。

「あれは……『オーガの番(つがい)』？」

「だな。もう倒された後みたいだけど」

アムールが目を細めながら、俺たちを起こした異変の正体を言い当てた。

「あっ！　テンマ、起きたの？」

「テンマ、おはよう……いや、おそようやな。ちょっと出てくるのが遅いんやないか？」

三人で倒されたオーガを見ていると、背後から声が聞こえた。振り向くとそこにはジャンヌとナミタロウが並んでいて、その横にシロウマルとソロモンもいた。どうやら、夜食の準備をしていたようだ。シロウマルとソロモンは、夜食の材料をつまみ食いしていたらしい。

「オーガが現れたからテンマを起こそうと思ったんだけど、マーリン様から放っておいても起きてくるだろうし起きる前には終わるだろうから、その代わりに夜食を作ってほしいって言われて……」

「せやけど、そこは変なもんが近づいてきとるんやから、もっと早く出てこんといけんのやないか？　いくら新婚旅行で浮かれとって、マーリンたちもおるとはいっても、万が一っちゅうこともあるんやからな！」

何故かナミタロウが辛らつだが、言っていることは間違いではない。俺をからかいつつも、一応忠告してくれているのだろう……と思うことにする。

「やはり起きてきたか。もう終わったから、寝直してもよいぞ」

ジャンヌの話を聞きながらナミタロウにいじられていると、じいちゃんが肩を回しながら戻ってきた。寝直してもいいと言っているが、完全に目が覚めた以上、すぐに眠るのはかなり難しい。

「もう少し起きているから、じいちゃんは風呂にでも入ってきたら？　どうせじいちゃんも、運動したばかりで眠れないでしょ？」

「そうじゃな。では、ひとっ風呂浴びてくるとするかのう。テンマ、アムール、ちゃんとわしの分の夜食を残しておくのじゃぞ」

じいちゃんはそう言って馬車の中に入っていったが……すぐに戻ってきた。多分、お湯を温めるのが面倒になって、先に夜食にするつもりなのだろう。

風呂は夜食を食べている間にジャンヌがお湯を温め直し、じいちゃんはようやく汗を流すことができた。じいちゃんが風呂に入っている間、俺とプリメラとアムールで見張りをし、ジャンヌは交代が近かったので風呂を温め直した後はすぐに休ませた。

オーガの番のせいなのかこの周辺に魔物はいなかったし、シロウマルとソロモンもいるのでプリメラとアムールは寝かせようと思ったが、プリメラも完全に目が覚めてしまったらしくもう少し起きているそうで、アムールは今寝ても交代まで一時間もないので、このまま起きているとのことだった。ナミタロウはどうするのかと思ったら、いつの間にか生け簀に戻っていた。

「ふぅ～……さっぱりしたわい。ところでテンマ、オーガの番が出た以上、このままグンジョー市に直行するのはやめて、どこか近くの冒険者ギルドに報告せねばならぬ。面倒じゃが、もしかするとオーガの情報は出回っておらんかもしれぬからのう」

リンドウを出る時に聞いた情報ではゴブリンとオークの群れが現れるというもののみで、実際にここに来るまでゴブリンとオークしか見かけなかった。しかし、オーガ（しかも、繁殖の準備の為に危険度が上がっているといわれる番）の話は一つも聞かなかったので、もしかすると初情報かもしれない。

初でなければ何も問題はないが、もしそうでなかった場合はゴブリンやオークが相手だと想定して動いている冒険者に被害が出るかもしれない。特に、ゴブリン目当てで経験の浅い若手の冒険者もかなりの数が参加しているということなので、犠牲者が出る可能性のことを考えるとギルドに報告しないわけにはいかないだろう。

「プリメラ、ここから近い村か町はどこらへんにあるのかな？」

「正確な位置はわかりませんけど、ここから少し東に行くと川があるので、その川に沿って南下すればいくつか村があったはずです。ただ、冒険者ギルドがあるのかまではわかりませんけど」

プリメラは少し自信なさげではあったが、とにかく村はあるとのことなので朝になったらまずは川を目指すことにした。ちなみに、その川はこの場所の前に野営地の候補に挙げていた川の上流とのことなので、休憩中の冒険者が何人か見つかるだろう。その冒険者たちに軽く忠告し、何だったらギルドに報告するように言ってもいいかもしれない。

オーガの情報が初めてだった場合、報告者にいくらかの報酬金が支払われるかもしれないが、それは微々たるものなので惜しくはない。むしろ、その報酬のおかげで動いてくれる冒険者がいるかもしれないので、それくらいの功績は譲ってもいいだろう。ただ、そういった場合、冒険者のランクによっては確認が取れるまで身動きが取れなくなることもあるので、欲をかいて嘘の情報を報告してバレた場合は、最悪冒険者の資格を剥奪されることもある。まあ、俺たちから得た情報を報告するのも自己責任ということだ。

「その場合、嘘ではなく勘違いや思い違いだった時はどうなるのですか？」

「それでも、罰則は免れないな。一応、複数人に俺の名前を出してから報告するように頼むつもりだし、なるべく早く俺とじいちゃんの連名でギルドに証拠付きの報告をするつもりだから、大きく間違えたりしなければ注意や警告で終わるんじゃないかな？　もっとも、俺なら報酬を受け取らないで、『そういった注意をしてくる奴がいた』とだけ報告するけどな」

そういう風にすれば、確定した情報ではなく可能性がある情報という形になるので、報酬は出ないが間違っていても罰則を科せられることはない。むしろ情報が正しかった場合、金銭の代わりにギルドからの印象が良くなるという目には見えない報酬（のようなもの）が得られる可能性があるので、先を見据えるのならばそちらの方が得になると言えるかもしれない。

そんなことを話しているうちにアウラが起きてきたので、じいちゃんは交代して馬車に入っていった。アウラは交代した直後、俺とプリメラがいるのを見て大幅に寝過ごしたと勘違いし、そこにすかさずアムールがからかったので大慌てしたが、すぐに周辺がまだ暗いことに気がつき、アムールに文句を言いながらも安堵のため息をついていた。

「それじゃあ、オーガの夫婦がまた出ても、アムールとゴーレムがいれば何も問題はないわけですね？」

「うむ！　オーガの番が相手なら……ツーペアまでだったら一人でも何とか倒せる！　……はず」

アムールは少し自信なさげだが、アウラや馬車の守りを考えなければ単独でも二組くらいは何とかなるだろう。それに最初は単独で相手をしたとしても、ゴーレムや外で寝ているスラリンたちがすぐ助けに入るだろうから、たとえその倍の数が襲ってきたとしても、アウラが俺やじいちゃんを起こすまでの時間は十分に稼ぐことができるはずだ。もっともアウラが起こしに来る前に、俺やじいちゃんは外の気配を感じて自力で起きる可能性がかなり高いけどな。

その後、俺とプリメラは二度寝をした……のだが、その数時間後にジャンヌに起こされたので外に出ると、アウラとアムールが言い争いをしていた。どうやら俺たちが寝た後で、一～二匹単位のオークを数度見つけたらしく、アムールは特訓だとか言って嫌がるアウラをオークに突撃させたそうだ。

さすがにそれはひどいだろうと思い、アムールを注意しようと二人に近づいたところ、聞こえてきた内容から俺の思っていた言い争いの理由とは違うということがわかった。

その理由を知った俺が足を止めると、それを不審に思ったプリメラが近づいてきて俺と同じく二人の言い争いの理由を知り、そのまま放っておくことに決めた。

ちなみに二人の言い争いの理由は、オークがアムールを無視してアウラに向かっていったのを、アウラは「貧相な体格のアムールとは違い、私の方が魅力的だったから」みたいなことを言ったらしく、それに対してアムールが「オークと釣り合いの取れる贅肉が何を言う」みたいに返したかららしい。どちらが最初に言い出したのかは知らないが、そのままにしていても問題はなさそうなので好きなだけやらせることにしたのだ。

「ジャンヌ……知っていたのなら先に教えてくれ」

「それはわしが止めたのじゃ。どういった反応を見せるのか気になったからのう」

「テンマ、そこはわざとらしいくらい大げさな反応をせないかんやろ」

先に起きていて事情を知っていたであろうジャンヌに愚痴をこぼすと、ジャンヌより先に黒幕が理由を話してきた。その横では、ナミタロウが呆れ顔で変なことを言っている。

そこで俺はナミタロウを無視し、じいちゃんに対してのみ文句を言おうとしたところ、「テンマも先に知っておったら、誰かに同じことをしたのではないか？　というか、したことがあるじゃろう？」と言われ、心当たりがありすぎたので黙るしかなかった。そんな俺とじいちゃんをプリメラは呆れた様子で見ていて、ナミタロウは大笑いしていた。

「ふざけるのはそれくらいにしておくとして……真面目な話をすると、少数のオークが何度も現れるのは少しおかしいと思うのじゃよ。そんなに近くにいたのなら、一つの群れになっておると思うのじゃがな」

オークは単体でゴブリン数匹分に匹敵する力を持っているが、それでも魔法が使えない個体の方が多いし足も遅いので、大型の肉食獣や魔法の使える冒険者からすれば比較的狩りやすい魔物である。なのでオークは、少しでも生存率や狩りの成功率を上げる為に、近くにいるオーク同士で群れを作る習性がある。その中で強い個体がリーダーになるのだが、そのリーダーが優れているほどに強い群れとなる。逆に言えば、群れなければアウラでも倒せる魔物ということだ。

「考えられることは……群れからはぐれたか、追い出されたか、自分の意志で出たか……かな？」

「自分で出ていった個体ばかりだとすれば、少し厄介なことになるかもしれぬのう……アムール！　アウラ！　遊んでおらんで、倒したオークを見せてくれ！」

群れからはぐれたり追い出されたりというのは、よくあるとは言わないがそこまで珍しいことではないので特に気にする必要はないが、自分の意志で出てきた場合は事情が変わる。自分の意志で群れを出る……それは、その群れに見切りをつけた可能性が高いのだ。

それは群れが自分に合っていないと判断した理由にもよるが、基本的に向上心……野心に溢れる若い個体が出ていくことが多く、若い個体に出会う数が多いということは、元の群れにはさらに多い数がいるということだ。

「出ていく理由としては、そこにいても自分の地位を高めるのが難しいとか、血が濃くなりすぎて自分の子孫を残せないとかが考えられるけど……どんな理由にしろ、群れを出ていった個体は好戦的なのが多い傾向にあるからな。元の群れがどこにいるのかわからないけど、その群れが近くにいた場合、公爵領とその周辺の領地全体で警戒しないといけないだろうな」

そう言っている間に、アムールとアウラがやってきて倒したオークを出したので、それをじいちゃんと一緒に調べた。

「じいちゃん、やっぱりどれも若い個体ばかりみたいだよ。いずれも繁殖できるくらいの大きさだし、オスメス揃っているから、放っておいたらかなり大きな群れに成長するかもね」

「そうじゃな。ならば今日は、近くにある冒険者ギルドを目指しながら、道々で見かけた冒険者や旅人などに忠告しつつ先を進むとするかのう」

今日の基本方針が決まったところで、ジャンヌの用意した朝食を食べてすぐに出発することにした。

次の村までの道中はなるべく休憩を取らずに移動し続けることになったので、今回は俺とプリメラも交代で御者をすることにした。

その甲斐あってか、昼前には運よく冒険者ギルドの支部がある村に到着することができ、その道中では何組かの冒険者に危険を伝えることができた。

ギルドの受付で緊急性の高い話があると伝えると、最初は受付の職員に怪訝(けげん)な顔をされたものの、すぐに俺とじいちゃんとプリメラの身分証を出したことで奥の部屋へと案内された。

奥の部屋で支部長（ギルド長より少し下の役職）にここまでの話と共に仮定の話をすると、すぐに周辺の村や町へも知らせると約束してくれた。このあたりは、今のところ発見されたのはオークやゴブリンの群れだけだそうで、オーガの報告は入っていないそうだ。ただ、それでも経験の浅い冒険者の中から数名の死者が出ているらしい。

「やはり、新人にオークは厳しいのかもしれませんね」

「犠牲が出たのは残念じゃが、運が悪かったか引き際を誤ったか、オークを甘く見たかじゃろうな」

プリメラの呟きにじいちゃんがそう答えたが、多分じいちゃんは残念だとは思っていないだろう。たとえオークがアウラでも倒せる魔物とはいえ、体力と筋力と耐久力は平均的な成人男性を上回っているのだ。ただ、知能のせいで討伐難度は低くなっているが、中には知能の高い個体や、知能の低さをカバーできるほどの身体能力を持つ個体もいるので、経験が浅い者が油断していい魔物ではない。まあ、それはどの魔物に対しても言えることではあるのだが。

昼過ぎにはギルドへの報告も終えたので、俺たちは予定通りグンジョー市への移動を再開した。

支部長はもう少し村に留まってほしかったみたいだが、俺たちにも予定があるのでグンジョー市のギルドに直接の報告と、サンガ公爵家に俺とプリメラの名前で手紙を出すと約束して村を出てきた。

「ところで、テンマとジャンヌは先ほどから何を作っているのじゃ？」

じいちゃんとプリメラの話に相槌(あいづち)を打ちながらも、俺とジャンヌはある作業を行っていた。そ

れは、

「いや、オーク肉がまた増えたから、それを消費する為に肉を使った料理を作っているんだよ」

今作っているのは豚汁と豚丼の具だ。両方とも肉は脂身の多い部分を使ったので、浮かんでくるあくと余計な脂を丁寧に取り除きながら煮込んでいる最中である。

他にもトンカツや角煮、メンチカツやハンバーグといったものも作るつもりなのだが、今は馬車の中でも作りやすく夜食にもしやすい料理を選んだのだ。

「ああ、それで先ほどからいいにおいがしていたのですね」

「テンマ、豚汁は野菜がごろごろ入っとる方が好みやから、その倍は野菜入れるんや！　あっ！野菜は芋類を多めにな！」

「こんなにおいをかがされれば、シロウマルとソロモンがよだれを垂らしながらテンマのそばで待機しておるの仕方のないことじゃな。ジャンヌ、味見用に少しよそってくれぬか？」

ナミタロウのリクエストはシロウマルとソロモン（ついでにアムールも）に野菜を食べさせるチャンスだったので、煮物かと思うくらいの量を追加した。

俺が野菜を切るのに夢中になっている間に、じいちゃんは豚丼の具を煮込んでいたジャンヌにさり気なく味見と称して具を要求し、ジャンヌも言われるがままに豚丼の具を渡してしまった。しかし、

「シロウマルとソロモンは別にもらうのじゃ！　お主らが食べるほどの量はもらっておらんぞ！」

食いしん坊に目を付けられて肉をたかられ、ゆっくりと味見などできない状況に追い込まれていた。

そんな風にじいちゃんが犠牲になっている間に俺は手早く味見を済ませ、ジャンヌにもう少し煮込むように指示を出した。

じいちゃんが豚丼の具を狙うシロウマルとソロモンに抵抗したせいで騒ぎに気がついたアムールも窓から身を乗り出して参戦してきたので、それらを鎮める為に今日の夕食はオーク肉を使った料理を出すことが決まった。ついでに、今作っている野菜たっぷりの豚汁も。なお、じいちゃんから肉を奪うことに成功した二匹は、更なる獲物を求めてジャンヌに突撃……しようとしたが、俺とスラリンに阻まれて、夕食の時間まで馬車の隅っこで大人しくしていた。

オーガの番の件をギルドに報告してから四日後、俺たちはグンジョー市に到着することができた。ただ、グンジョー市までの道中では複数のオークやゴブリンの群れに遭遇するなど、平穏とは言い難い旅だった。しかも遭遇したオークやゴブリンには若い個体が多かったので、やはり大きな群れがいくつかあるようだ。

しかしオークやゴブリンの群れ以上に問題だったのは、ギルドに報告した番以外にもオーガと遭遇したことだった。しかも二度も遭遇し、倒したのは計三匹だ。二度の戦闘のうち、単独で活動していたオーガはシロウマルが、番で活動していた方はプリメラが女性陣の指揮を執って倒した。短い旅の間に五匹のオーガと遭遇するのはじいちゃんですら初めてのことらしいので、何か不吉なことが起こる前兆ではないかと心配になってしまった。ただ、立て続けにオーガに遭遇したのが俺たちというのは不幸中の幸いともいえるし、今回のオーガ退治の功績があれば、プリメラの冒険者のランクが上がるかもしれない。

　プリメラが冒険者としての活動を本格的に始めたのはグンジョー市の騎士団を辞めてからなのでかなり早いように思えるが、元々学園生時代に登録をして何度か依頼をこなしていたことと、騎士団での実績を考えれば特におかしなことではないそうだ。それに本人は嫌がるかもしれないが、ギルドでの昇級は実力や実績以外にも家柄が考慮されることも多々あるので、『かもしれない』ではなくて『確実に』と思っていた方がいいだろう。なお、ジャンヌとアウラもBランクに上げようと思えばすぐになれるくらいの功績と経験はあるのだが……二人は純粋に自分の力で得た功績でないことと、元貴族とそのお付きという立場なので、面倒臭いことに巻き込まれている光景が目に浮かぶなどと言って、絶対にランクを上げるつもりはないらしい。

「予定だと最初は『満腹亭』で一休みすることになっていたけど、先にギルドに行くからな。最悪、俺とじいちゃんだけでいいから、疲れていたら馬車の中にいてもいいぞ」

　何度か戦闘をこなしながら急ぎ足でここまで来たので、休憩がてら身だしなみを整えたいだろうと提案したのだが、そう何時間もしないうちに『満腹亭』で休むことができるので、自分たちも報告するという言葉が返ってきた。ただ、アウラはいの一番に喜びの声を上げようとしてから、周囲の反応に気がついて合わせていたので、なるべく早めに報告は済ませた方がいいだろう。まあ、ギルド長はともかくとしてフルートさんはそのあたりの気遣いができる人なので、長時間拘束されるようなことにはならないはずだ。

　馬車をマジックバッグに入れ、スラリンたちをディメンションバッグに待機させてからギルドに入ると……中は大混乱といった様相だった。

「一体何が……あっ！　フルートさん、お久しぶりです」

俺を見つけて急ぎ足でやってくるフルートさんに挨拶すると、そのまま腕を摑まれてギルド長室へと連れていかれた。

俺目がけてやってくるフルートさんの様子からこうなることは予想できていたので、じいちゃんたちは慌てずに後をついてきている。

「ギルド長！　テンマさん御一行の到着です！」

「よし！　北か東に出た番のオーガか、西か南の街道で陣取っているオークの群れの討伐を受けてくれ！」

なんか思っていた以上に、グンジョー市の状況がヤバいことになっていたらしい。しかし、

「北の方でオーガの番をプリメラたちが倒したので、依頼は完了ですね。では、俺たちは疲れているのでこれで……」

グンジョー市に来る間、基本的に周囲を『探索』を使って探りながらやってきたので、ギルド長の言う北に出たオーガの番はプリメラたちが倒した個体で間違いないだろう。

そう言って踵を返そうとしたが……フルートさんの俺の腕を摑む力が増すばかりだった。

「とりあえず、その倒したというオーガの番を提出してくれ。北で目撃されたのと特徴が一致するか調べる必要がある。それと、倒した時の話も聞きたい」

そう言ってギルド長は他の職員を呼び、何故かアムールを除いた女性陣にオーガの話を聞くように指示を出していた。女性陣が別の部屋に移動しようとするとアムールも一緒に行こうとしたが、ギルド長に頼むことがあると言われて残ることになった。

「それで、北はベテランの冒険者に確認させることにして、テンマには東で確認された番のオーガ

の捜索と討伐を、アムールには西か南の街道に陣取っているオークの群れの討伐を頼みたい。これは指名依頼ではないが、どうか引き受けてくれ」

現在、グンジョー市で活動している冒険者の多くは新人らしく、ベテランは新人たちの三分の一ほどしかいないので、四か所同時どころか二か所のオークの群れを討伐するのも難しい状態だったらしい。

そこに俺たちが来た上、手土産のように北の問題を片付けていたので、ここで一気に残りの三か所を終わらせたいとのことだ。指名依頼ではないとは言っているが、実質指名依頼のようなものだろう。

ちなみに、オークの群れはどちらも五〇近い数らしく、今いる一五〇ほどいる冒険者のうち、すぐに動けて戦力になりそうな一〇〇ほどを二つに分けて向かわせようと考えているそうだ。

「ふむ……それなら、わしがどちらかの群れを担当しよう。わしならば飛んでいけるから、場所によっては一時間ほどで終わるかもしれぬぞ」

それまで黙っていたじいちゃんがそう言うと、ギルド長は恐れ多いなどと言いながらも、すぐに頭を下げていた。俺の時とは大違いの態度だ。

「テンマ。スラリンを借りていくぞ。群れを倒した後の回収は、スラリンがいるとすぐに終わるからのう。それとギルド長。わしが行くのじゃから、アムールはここに残してもよいな。さすがに『オラシオン』だけでほとんどの功績を持っていくのは、ギルドとしてもまずいことになるじゃろう？　その代わり、わしが倒した分のオークは格安でギルドに卸してやろう」

北に加え、東のオーガと西と南のオークに『オラシオン』が向かえば、全体の素材や報酬の多く

が俺たちのものになるだろう。そうなると、他の冒険者に支払われる討伐数による追加報酬はかなり少なくなる。そうなれば、冒険者たちの不満は『オラシオン』とギルドに向かうだろうし、もしじいちゃんが討伐したオークをよそのギルドに持っていかれれば、グンジョー市の冒険者ギルドとして得るはずだった儲けがそれだけ少なくなるのだ。

なのでアムールを留守番させる代わりに、俺とじいちゃんが行かない所に集めた冒険者を向かわせることで不満を少なくし、なおかつじいちゃんが倒した分はグンジョー市のギルドに安く売ることでギルドの赤字を出さないようにするという考えだ。

これにはギルド長よりも先にフルートさんが反応し、すぐにこの場で契約書を書き上げていた。

「アムールは留守番で、ないとは思うが片方のオークの群れが襲いかかってきた時に備えてくれ。一応、シロウマルとライデンは残していくし、ナミタロウにも手伝わせていい」

「うむ！　それなら仕方がない！　もし何かが襲ってきたら、プリメラたちと一緒に騎士団本部に駆け込む。それでも駄目なら、ライデンでみんなを連れて逃げる！」

アムールの冗談は置いておくとして、アムールとシロウマル、そしてナミタロウとさらにゴーレムがいる状況で騎士団と連携すれば、一〇〇〇の群れが襲ってきても負けることはない。戦わずに逃げるというのも手だが、万が一そういった大規模な群れが本当にグンジョー市に襲いかかってきた場合、逃げるというのは最悪の手段だろう。

多少の危険があったとしてもサンガ公爵家との関係を考えれば、後々の為にもグンジョー市から離れない方がいい。もっとも、たとえそんな群れがグンジョー市に襲いかかってきたとしても、それだけの群れが近くにいれば俺かじいちゃんが街を出る前に気がつくだろうし、気がつかないほど離れているとしても、それぞれの担当を終わらせてからでも間に合うだろう。まあ、その前にナミタロウたちが全滅させる可能性が高いけれど。

じいちゃんたちとそんなことを笑いながら話していると、呆れ顔のフルートさんが目撃地点の記された地図を持ってきた。

その地図で大体の目撃位置と移動した時の予測地点を確認し終えたところで、オーガの話に行っていたプリメラたちが戻ってきた。思った通り、プリメラたちが倒したオーガの番は目撃のあった個体だったそうで、オスの体にあった傷が報告の中にあったものと一致したそうだ。

これでプリメラたちの用事は終わったとのことなので、皆でこの後のことを軽く話し合い、プリメラたちは先に『満腹亭』に行って待機することに決まった。ついでに、もし夕食時までに戻らなかった場合、いる人だけで先に食べることも決まったのだった。

「それじゃあ、じいちゃん。さっと行って、サクッと終わらせて、さっさと帰ってこようか？　作戦名『さっ、サッ、さっ』で、遅れて帰ってきた方は晩御飯のおかず半分没収ね！　それじゃあ、スタート！」

さり気なくドアの方に体を向けながら、勝手なスタートの合図でじいちゃんを出し抜いて外へと駆け出した。まあ、外に出たら俺もじいちゃんも『飛空』の魔法で飛んでいくので、正直数十秒程度の誤差はないようなものなのだが……やりたくなったのだから仕方がない。ちなみに、誤差は数十秒程度ではなく、三〇分近くだったと後に知らされた。何でも、俺のダッシュに釣られてじいちゃんは慌てて走り出したそうだが、走り出して数歩目ですねと足の小指を強打してしまい、その場に倒れ込んだらしい。その時の俺はすでに空の上だったそうで、飛べないアムールにはどうすることもできなかったとのことだ。

◆マーリンSIDE

「最近、わしの扱いがひどい気がするのう……結婚したからじゃろうか？」

　などと考えながら、テンマから遅れることおよそ三〇分。わしは何とか動けるまでに回復していた……というか、よく回復したなと自分でも思うくらいじゃった。多分じゃが、すねと小指は骨にひびが入るくらいはしていたはずじゃ。まあ、わしの回復魔法で治るくらいじゃから、そこまで大きなものではなかったじゃろうが……それでも、普通の年寄りではそのまま家で安静にしておくレベルのダメージじゃぞ、全く！

　この怒りは、テンマの前にオークの群れにぶつけようと、出る前に見せてもらった地図を思い出しながら空を飛び続けた。

　オークの群れが陣取っている所は、街から歩きで一日ほどという話じゃから、このまま飛んでいけば一時間もかからんうちに発見できるじゃろう。場所も街道を目印に飛んでいけばいいのじゃから、大きく場所を変えておらねば見つけるのは容易いはずじゃ。

　そしてその予想通り、一時間も飛ばないうちにオークの群れが見えた。しかし、その手前（二キロメートルほど離れた所）には、オークの群れを狙っているらしい二〇人ほどの冒険者の一団がおる。見た目で判断するのは良くないが、山賊や盗賊と間違われてもおかしくないような者が大半じゃし、微かに聞こえてくる笑い声も下品じゃ。

「オークを倒す機会を窺(うかが)っておるのかもしれぬがわしも依頼を受けておる身じゃし、ここまで離れておると、あの群れの権利を主張するのは無理があるからのう。それに、まだ手を付けておらぬようじゃしな」

そう判断してオークの群れに突撃しようとしたところ、冒険者たちの声が大きくなった。どうやら、斥候が戻ってきたようじゃ。

もしかするとあの冒険者たちは、斥候が戻るのを待っていたのかもしれぬ。もしそうならば、斥候の苦労を無にしてはかわいそうじゃから、そのままもう少し様子を見た方がいいのかもしれぬと思っておると、何人かが笑い声を上げながらどこかを指差しておったので、その方角に目を凝らすと……

「あれは商人の一行か？」

どこかの商隊がオークの群れが陣取っている方へと向かっておるところじゃった。商隊からすると、オークの群れが小高い丘の反対側におるせいで気がついていないようじゃ。対してオークの群れは、商隊の持つ食料か何かのにおいにでも気がついたのか、商隊を襲うべく群れを動かし始めておる。

「あの冒険者たちは、オークが商隊を襲った後を狙うつもりのようじゃな」

商隊がオークの群れに抗(あらが)うにしろ逃げるにしろ、それは大きな隙となりこれ以上ない好機であるのは間違いではない……が、それを選ぶのは悪手じゃろう。もしかするとあそこにおる商人たちは、明日の依頼主になるかもしれぬのじゃ。

それに、わざと商隊を囮(おとり)にするようなことをしてギルドにバレれば、資格の停止か剝奪は当然として、あらゆる所でブラックリストに載ることになるはずじゃ。そうなれば、まともな生活を送るのは難しくなるじゃろうな。

「あの冒険者たちがどうなろうと構わんが、何も知らぬ商人たちが巻き込まれるのはかわいそうじゃな……とまあ、大義名分ができたところで、遠慮することはなくなったのう！」

二キロメートルほどの距離なら、全力を出せば一分もかからずに着く。わしは思いっきり飛ばして距離を詰めると、まずは街道を塞ぐように土魔法で壁を作り商隊に警戒させて足止めをすると同時に、オークが商隊の方へ向かいにくくした。

「全部で五〇を超えておるのう。まとめて倒したいところじゃが、ギルド長との約束があるし、面倒臭いがなるべくいい状態で持って帰らねば……のう！」

それに、商隊を囮にしようとしておった冒険者たちがやってくる前に倒し切らないといかん分、思っているより時間は少ないと見た方がよい。

そこで、大まかにオークのおる範囲を確認し、水魔法を使って群れ全体を濡らし、そこに数発の『サンダーウォール』を放った。

『サンダーウォール』が直撃した個体はそのまま絶命したようじゃが、運よく避けることができた個体の方が多かったようじゃ。直撃を免れた個体の中のほとんどは、この場から逃げる暇もなく最初に放った水魔法のせいで感電して倒れていった。結局逃げることができたのは、群れの端の方にいた三体じゃった。しかも、逃げた方角には冒険者たちがおるので、生き延びることは難しいじゃろう。まあ、たとえ逃げ延びたとしても三体では脅威というほどではないし、奴らに三匹とはいえ獲物を譲るのは腹立たしい気もするが、あの冒険者たちを少しでも足止めする為の撒き餌とでも思うしかないじゃろう。

「スラリン。わしが生き残っておる奴の息の根を止めていくから、手早く回収していってくれ。急がんと、馬鹿をしそうな奴らが来るしのう」

商隊を囮にしようとしたくらいじゃから、獲物を横取りされたとかくらいは言うじゃろう。なので、あいつらが来る前に倒したオークは全て回収し、商隊の連中に理由を話さんといかん。もしかすると商隊の連中はわしのことを、いきなり進路を塞いできた盗賊ということにしておるかもしれんからのう。

「これで最後じゃな。スラリン、こいつも頼むぞい」

風魔法で最後の一匹の首をはねると、すぐ後ろにいたスラリンに回収を頼んだ。周辺は血の海になっておるが、水魔法である程度流せば問題はなかろう……しばらくの間は血生臭いかもしれぬがの。

「そこにおられるのは、もしかしてマーリン様ではありませんか?」

オークの処理を終えるタイミングを見計らっていたのか、ようやく商隊の一人が声をかけてきた。どこかで聞いたことのある声だと思ったら、なんとジェイ商会の代表じゃった。

ジェイ商会の者たちは、わしの思った通り攻撃をされたと思い警戒していたそうじゃが、壁の向こうで魔法が使われているのに自分たちの方へは何もされなかったので不思議に思っていたそうじゃ。ただ、わしの正体に確信がない状況で声をかけてくるのが商隊の代表というのはどうかと思うが、わしとしては様子見をされるよりは手間が省けてありがたいといったところじゃな。

「そうですか、あの壁にはそんな理由が……」

「それで、そろそろ隠れておった冒険者たちが来る頃じゃから改めて確認するが、お主たちはあそこにオークの群れがおったことに気がついておらんかった。それと、隠れて様子を窺っておった冒険者たちと利害関係にはなかった……でいいんじゃな？」

「はい。少なくとも、遠くで隠れて我々を囮に使う者を雇うような酔狂なことはいたしません。マーリン様が必要だというのなら、あと少しで襲われそうになっていた我々を、マーリン様は危険を顧みず助けてくれたのだと、誰が相手であろうとそう証言すると誓いましょう」

少し大げさな言い方じゃが、わしが不条理なことに巻き込まれたらアレックスが出てくるというのを理解した上での宣言じゃろう。さすがにこれが悪事に加担するというものならば、やんわりと断りを入れてくるかもしれぬが、何かトラブルに巻き込まれても確実といえる勝算があるからこそ強気でいられるのじゃろうな。やはり商人というものはしたたかじゃ。まあ、わしにとっては都合がよいがのう。

「では、ちょっとした契約をしてもらえんかのう？　なに、わしがオークの群れを倒したのはお主たちに雇われたからで、雇われたのは壁を作る少し前だったという契約書を作成してくれるだけでいいんじゃ。報酬は後払いで要相談といったところかのう」

「ええ、すぐに作成させていただきますとも」

ジェイマンはすぐに懐から紙とペンを取り出し、さらさらと契約書を書き上げた。

「これが契約書です。いやぁ、オークの群れに襲われる寸前でマーリン様のようなお方と契約できたのは、私の人生の中でも最上と言っていいくらいの幸運でした」

三文芝居もいいところじゃが、あ奴らが「自分たちが先にオークの群れに目を付けていたのにわしがいきなり現れて、横からかっさらっていった」などとギルドに訴える可能性もあるので、あれは横取りではなく略式とはいえ依頼を受けての行動なのだと、こちらもギルドに訴える準備をしておかなければならない。まあ、依頼の順序に関しては指摘されるかもしれないが、あちらも商隊を囮にしようとした（ように見える動きがあった）ので、よほどの愚か者でない限りは引き下がるじゃろう。

「それじゃあ、招かれざる客が来たようじゃから、依頼主はわしの後ろに下がっておるとよい」

望み薄ではあるが、あの者らが多少はまともな知能を持っておることに期待しようかのう。

第四幕

「あそこまで怒られるとは思っていなかったな……」

少し調子に乗っていたことは認めるが、オーガの番を倒して戻ったのにプリメラからの第一声が、「調子に乗りすぎです！」だった。その後しばらく叱られて、じいちゃんを迎えに行くように言われたのだ。

「じいちゃんが出てから三時間近く経ってるってことだから、何かトラブルでもあったのかな？」

俺の場合、オーガの番が目撃地点よりかなりグンジョー市寄り（五〇～六〇キロメートルほど）の場所に移動していたので、大体三〇分くらい飛んだ所で発見できた。そのことを報告すると、フルートさんは思った以上に危険なことになっていたと卒倒しかけたのだった。

フルートさんを卒倒させかけてしまったことでプリメラからまた小言をもらった俺は、追い出されるようにギルドを出たのだ。フルートさんが卒倒しかけたのは俺のせいではないというのに……

「とりあえず、じいちゃんを連れて急いで帰って、プリメラの機嫌を直さないと……いた！　……けど、厄介なことに巻き込まれたみたいだな」

『探索』の端の方に引っかかったじいちゃんの反応の他に、周囲には多数の反応があった。

「……じいちゃん、盗賊にでも襲われたの？」

「おお、テンマか！　そうなのじゃ。それで倒したのはいいが、この後どうしようかと思ってのう……」

何故こうなったのかという説明をじいちゃんと何故かその近くに隠れていたジェイマンから聞き、盗賊もどきの冒険者をどうするか話し合った。そして出た結論が、

「じいちゃん！　檻の準備ができたから、どんどん運び込ませて！」

檻を作りその中に身動きができないようにした冒険者たちを放り込み、後でギルドに回収してもらうというものだ。檻だけだとオークが出た場合に壊される可能性があるので、その周りに数メートルの深さがある堀も作った。この堀のおかげで、完全とは言えないがそれなりの安全を得ることができるだろう。

「よほど運がない限りは、ギルドから回収員が派遣されるまでは持つだろう」

身動きができないといっても、両手と両足を縛って後ろでまとめて猿ぐつわを噛ませているだけなので、隠し武器や魔法で縄を切って逃げることは可能だろうが、ギルドカードやその他にも身分証になりそうなものは回収したので、回収された後でギルドに事情聴取を受けるのは決定的だ。

ついでに、目に付いた武器やマジックバッグとディメンションバッグなども回収し、檻の近くに塚を作ってその中に埋めてある。そのままだと檻から逃げ出した後で掘り返されるので、塚の守りにゴーレムを四体配置した。じいちゃんの話だと、冒険者たちに四体のゴーレムを倒せるほどの力はないそうなので、武器や荷物が惜しければ大人しくしておかなければならないのだ。まあ、ギルドの判断によっては武器や荷物は没収となる可能性もあるので、確実とは言えないのだけれども……それは仕方がないことだろう。あいつらはじいちゃんを非人道的なじじいだとか思うかもしれないが、話によれば先に人の道を外れたことをしようとしたのは向こうとのことなので、やり返さ

れても仕方がない。

「テンマ。終わったからさっさと戻るぞい！　いい加減腹が減ってきたからのう！」

「それじゃあ俺とじいちゃんは先に戻るけど、この先は比較的安全になっているから、多分大丈夫だと思う。まあ、それでも気は抜けないけどな」

「ええ、それは理解しております。それに、こちらにも護衛はおりますので、いつも通りのことをすればいいだけのことです。それと、たまにでいいので、王都のジェイ商会に足を運んでください。最近はなかなか顔を見せてもらえないと、王都の従業員が嘆いておりますので」

　などというやりとりをしてから、俺とじいちゃんはグンジョー市へ戻ることになった。

　ジェイマンたちがグンジョー市に到着するのは、おそらく明後日くらいになるだろう。そして、檻に入っている冒険者たちが回収されるのはそれ以降になるはずだ。

「そうすると、ギルドの回収員が戻るのは四日後くらいになるのう」

　最短で戻ってくるのに四日、それから取り調べで一～二日といったところか。それまではグンジョー市を離れない方がいいだろうが、滞在が予定より少し延びるくらいなので問題ないだろう。

　ただ、冒険者たちがごねる可能性もあるが、じいちゃんにはギルドからの指名依頼もあるし、ジェイマンからの依頼という証拠がある。もっとも、ジェイマンの方は偽装だと言われる可能性もあるが、そこは書面に残したのがオークの群れを倒した後だったからだと言い張ることもできる。

　それに、元々かなり離れた位置から様子を窺っていたというだけでは優先権は発生しないし、近くにいたのなら近づこうとしているジェイマンたちを見捨てたとも言われかねない。何よりも、倒したオークの所有権を渡すようにじいちゃんに言い、断られたら襲いかかったという時点でやっていることは完全に盗賊行為なので、非は向こうにあるとなるはずだ。

「わかりました。すぐに信頼できる冒険者を派遣し、その者たちを捕らえましょう。それと、最低でもその商人から証言を取るまでは、グンジョー市から出ないようにお願いします」

ギルド長とフルートさんは、渋い顔をしながらその冒険者たちの回収作業の手配に入っていた。もしかすると、その冒険者たちが他の街のギルドから依頼を受けていたかもしれないが、その場合であっても原則として獲物は早い者勝ちとなるので、取られたからといって難癖をつける行為はご法度だ。もし仮にあの冒険者たちに依頼を出したギルドがあったとしても、どうしようもないだろうとのことだった。

「ところでじいちゃん、ジェイマンにいくら依頼料をもらうつもりなの？」

「おお、それなんじゃが、あのならず者どもを退治した後で話がついてのう。今度、北の方で作られる強い酒をもらうことになったわい！　人気が高くて王都付近ではなかなか出回ることがないそうじゃが、北にある支店では定期的に仕入れることができるそうなのじゃ。なので、飲んでみて気に入ったら、ぜひともジェイ商会を贔屓（ひいき）にしてほしいと言われてのう」

北といえばマリア様の実家があるので、その伝手（つて）でお酒を頼むこともできなくはないが……その伝手は俺が作ったようなものだし、じいちゃんも海産物は楽しみにしているので、あまり無理は言いたくないそうだ。それに、俺を介さずに仕入れをすることができるコネというのは魅力的だということで、たとえその酒が好みでなかったとしても付き合いは続けるつもりらしい。

そんな感じで報告を終えた俺たちは、『満腹亭』で待つプリメラたちと合流したのだが……俺たちが予想よりもかなり遅くなったため、プリメラたちはすでに昼食を済ませており、さらには昼食と夕食の間という中途半端な時間だった為、おやじさんに料理が全然残ってないと言われたので、外の屋台に食べに行くことにした。しかも調子に乗った罰として、皆の代金も支払う羽目になったのだった。まあ、オーガの番を倒した分の依頼料が入ったばかりだし、屋台なのでそこまで高いものではないので別に構わないのだが……オーガの番の討伐料を食い尽くしてやると気合を入れていた二人が、食べすぎで腹を壊した（シロウマルとソロモンも食べすぎはしたが無事だった）のは呆れるしかなかった。

「本日は晴天なり！　平和で何より！」

「アムール！　そんな所に上って、もしソレイユちゃんが真似しようとしたらどうするんだ！」

俺とじいちゃんがギルド長からの依頼をこなしてから四日後。無事にじいちゃんの無罪が証明され、ジェイマンたちを囮にしようとしていた冒険者たちは犯罪者として騎士団の牢屋に収容され（囮以外にも、多くの犯罪行為とすれすれの行為が発覚した為）たと、つい先ほど朝一番でギルドの職員が知らせに来てくれたのだった。ちなみに、アムールのテンションが高いのはじいちゃんの無罪が証明されたからでも天気がいいからでもなく、ただ単に『山猫姫』の三人が依頼でよその町に出かけていていないからだ。

「うむ、すぐに下りる……とうっ！」

屋根の上で叫んでいたアムールは、俺の注意を受けて屋根の上から飛び降りた。屋根といっても一番低い所なのでアムールなら大した問題ではないだろうが、もしソレイユちゃんが真似でもしたら命に関わる怪我をするかもしれない。

　幸いなことにソレイユちゃんは食事中だったので、アムールの行動を見ていなかったが……もし見ていて興味を持ってしまっていたら、おやじさんとおかみさんの拳骨が落ちてくるかもしれない。俺の頭のてっぺんに……

　おやじさんとおかみさんは付き合いが長い分俺に対して遠慮はないが、その反面アムールやアウラには口で叱ることはあっても手を出すことはない。その代わり、監督不行き届きだとでも言わんばかりに拳骨が俺に向かうのだ。アウラに関しては俺の奴隷（メイド）という扱いなので、仕方がないと言えばそうなのだが、アムールに関しては関係ないと思う。まあ、そう思っていても、アムールはああ見えても子爵令嬢であるから手を出すわけにはいかないし（ハナさんたちは気にしないと思うけど）、オオトリ家で預かっているということで責任は俺にあるという判断なのだろう。

「無事にじいちゃんの無罪が証明されたので、明後日くらいにはグンジョー市をたとうと思う」

　朝食で皆が集まったので、今後の予定を提案した。それについてプリメラとじいちゃんとジャンヌは賛成したが、アムールとアウラは明日がいいと言った。理由としては、明後日はリリーたちが依頼から帰ってくる予定の日なので、鉢合わせる可能性があるからだろう。二人としてはできる限り早く離れたいのかもしれないが、さすがに今から準備して今日中に出発というのは難しいとわかっているので、せめて明日にしたいというところなのだと思う。

　だが、グンジョー市に来てあの三人に挨拶しないという選択肢は、俺とプリメラの付き合いからしても存在していないので、できる限り待つと言って出発は明後日ということに決まった。

　ちなみに『山猫姫』がグンジョー市にいない理由は、ギルドから南の街道にいるオークの群れの討伐に参加させられているからだ。あとついでに、その道中にあるという村の状況を調べてくるように言われているらしい。

他に冒険者がいるのなら、わざわざ『山猫姫』にも依頼を出さなくてもいいのではないかとも思うが、あの三人はグンジョー市の冒険者ギルドにとって生え抜きと言っていいくらいのパーティーであり冒険者たちの人気も高いので、リリーたちが参加するとしないでは討伐隊の士気がかなり変わってくるらしい。

「明後日の出発に決まったとはいえ、この四日の間で皆への挨拶なんかは済ませたしな……やらないといけないことはないし、それぞれ自由行動ということにしようか？　幸いなことに、グンジョー市の外に出て依頼を受けることができるようになったし」

俺とプリメラはこれまでと同じく知り合いの所を回ることになるだろうが、じいちゃんたちはその間依頼を受けるなり遊ぶなりすればいい。まあ、依頼に関してはあまりいいものはないだろうし遠くに行くようなものは無理だろうが、街中をぶらつくだけでも暇潰しにはなるだろう。

とりあえず食事を終えた後は皆で冒険者ギルドに向かい、そこからそれぞれ別行動することにした。そうして訪れたギルドで、

「テンマさん、マーリン様、プリメラさん、ギルド長室までお願いします」

フルートさんに名指しされ、ギルド長室へ向かうことになった。

「来て早々で悪いが、嫌な情報をラッセル市のユーリが寄越してきた。まだ可能性の段階らしいけどな」

ユーリさんが知らせに来た情報を俺たちに教えるというのはよほどのことだろうと思い、いつも

のような軽口など叩かずに、大人しくギルド長の話を聞くことにした。

「ラッセル市の方もオークやゴブリンの群れが多かったらしく、それがどこから来ているのか調べたそうだ。すると、その多くが『大老の森』方面から来ていることがわかったらしい。さすがに出てくるところを実際に見たわけではないが、数組のパーティーに依頼を出してギリギリまで近づかせたらしく、途中でよほど変わったルートを通っていなければ、多くが『大老の森』から出てきた群れだと見て間違いないだろうとのことだ」

『大老の森』といえば、どうしてもリッチのことを想像してしまう。あのリッチはかなり高い知能を持っていたように思えるし、何らかの目的があったかのようにも思える。倒したという確証が未だに持てないので、あそこで何かが起これば、リッチが関係しているのではないかと疑ってしまう。

「それと、テンマとマーリン様には嫌なことを思い出させてしまうかもしれないが……今回ほどではないが、ドラゴンゾンビが出た時も同じようにオークやゴブリンの群れの移動が見られたそうだ」

関係性は今のところわからないとのことだが、何らかの強い魔物が『大老の森』の浅い所まで出てきた可能性があるとのことだった。

「ふむ、さすがにあの時のドラゴンゾンビと同等の魔物が現れたとは考えにくい……というか考えたくはないが、オークやゴブリンが束になってかかっても敵わないような魔物が現れたという可能性はあるのう。元々奥の方に生息しておった魔物がオークやゴブリンを餌にする為に出てきて、それから逃れる為に群れが森から離れるように逃げたと考えれば、出所が『大老の森』というのは納得できるのう」

「そうだね。俺たちが住んでいた頃は村の周辺でよく狩りを行っていたし、ゴブリンやオークが群れを作らないように退治していたからあまり大きな群れはなかったけど、今はあのあたりは誰も住んでいないしあまり近寄らないように通達されているから、群れが大きくなりすぎたとしてもおかしくはないね」

「それだと、次に現れるのはオークやゴブリンの群れを追い出した魔物ということになるのではないですか？」

　餌が外に逃げた以上、追い出した魔物がそれを追ってくるのではないかとプリメラは心配していたが、それほどの強さを持つ魔物になると知能も高い可能性があるので、地の利のある縄張り(もり)から出てくるとはあまり考えられない。それにユーリさんのことだから、様子を見に行かせた冒険者たちにしばらく森を見張らせることくらいはしているだろう。

　ただ問題があるとすれば、その魔物が龍種のように縄張りの外でも関係ないくらい強すぎる魔物か、強力な個体が群れを成している場合だ。前者であれば、冒険者たちは逃げることもできずに殺されてしまう可能性が高いし、後者であれば森の浅い所に留まって繁殖した場合、数が増えたところで餌を求めて外に出てくることも考えられる。

「地龍や走龍みたいなのであれば俺一人で対処できるから比較的楽なんだけど、オークより強い魔物の群れだった場合、全滅させるのが面倒になるよね。まあ、どうにもならないからって、辺境伯から要請が来ない限りは動くつもりはないけど」

　リッチのこともあるし、『大老の森』に行くのはさすがの俺でも躊躇(ためら)ってしまう。それはじいちゃんも同じらしく、黙って頷いていた。

「まあ、そうだろうが……話が行くかもしれないということだけは理解しておいてくれ。仮に龍種が相手だった場合、騎士団を出すよりも実績のあるテンマに依頼を出した方が、成功の可能性が高いだろうからな」

その場合は協力するが、俺でなくても解決できそうなら騎士団や他の冒険者に頑張ってもらおう。

「まあそういうわけで、王都に戻ったらハウスト辺境伯様かユーリから手紙が届くかもしれないからな。届いて驚くよりは、先に教えた方がいいと思ってな」

ギルド長はどこか恩着せがましく言うが……

「うちの場合、ハウスト辺境伯領で何かあったら、嫡男が直接伝えに来るからなぁ……前に辺境伯領に遊びに行くことになったのも、リオンが直接誘ってきたからだったし」

そう言うとギルド長が、椅子を回転させて俺たちに背を向けた。どうやら、俺たちに恩……を売るほどでないにしても、気を利かせたところを見せようとしたようだ。まあ、『大老の森』の話は普通にありがたかったが、今言ってもからかっているだけにしかとられないかもしれないので、代わりにフルートさんに言って後から伝えてもらおう。

ギルド長が後ろを向いたまま動かなくなったので、ギルド長室から出ようと立ち上がると同時に職員が入ってきてフルートさんに何かを報告した。その報告を受けたフルートさんは、何か言いたそうな顔で俺を見ていたが……すぐに職員を戻らせて俺たちを先導し始めた。

ギルド長室を出てすぐに、ギルド長へのフォローをフルートさんに頼み、そのついでに何があったのかを訊こうとしたが……すぐにギルドの騒がしさのせいで、フルートさんが何を言いたかったのかがわかった。

「アウラ！　ちゃんと一号を押さえる！」

「りょうか……無理――――！　ジャンヌ、助けて――――！」

「お茶がおいしいなぁ……」

「ジャンヌ、わいにも入れておくれ。それとスラリン、お茶請けのようかんを出すんや！　後で対価はちゃんと払うから！」

「ネリー、ミリー！　アウラはあと少しで無力化できるから、アムールをお願い！」

「オッケー！　覚悟、アムール！」

「ネリー、挟むよ！」

　予定より早くリリーたちが戻ってきて、いつものようにアムールたちと争っているのだった。ジャンヌは最近無視されることが多いからなのか我関せずの立場を取っており、ナミタロウたちとお茶を楽しんでいた。

　そんな光景を周囲の冒険者たちは、酒のつまみにしたり賭けの対象にしたりして楽しんでいる。平和ではあるが、なかなか頭の痛くなる光景でもある。

「プリメラ……三姉妹に挨拶したいとか言ったけど……するのは今じゃない方がいいみたいだから、こっそりと外に出よう。挨拶は三人が落ち着いてから、夕食の時くらいにしようか？」

「そうですね。今出ていっても、騒ぎが大きくなるだけだと思います」

　あの状態ではまともな挨拶などできないだろうし、アムールも調子に乗って妨害してくるのは目に見えている。

　じいちゃんとフルートさんにも理由を話して、俺とプリメラはこっそりとギルドから退散することにした……のだが、フルートさんが恨みの籠もった目で見ていたので、何らかの形でご機嫌取り

をしなければならないだろう。あと、逃げ出す時に三姉妹に気がつかれることはなかったが、アムールには見つかってしまい見逃されたので、こちらにも何かお返しをしないといけない。そして、三姉妹を無視する形でギルドを出ているので、当然リリーたちにも何かしなければならない。そうなるとジャンヌにも……となるので、結局全員にしないといけないこととなる。

「市販のお菓子だけだと、フルートさんやリリーたちが納得してくれないよな……」

「そうですね。かといって作り置きのものだと、アムールがうるさいでしょうし……」

グンジョー市で買えるものだと、アムールたちは食べたことがない可能性があるのでそうそう文句は出ないだろうが、フルートさんやリリーたちは高確率で食べているだろう。しかし、作り置きのものだと基本的にアムールたちは全種類つまみ食いや試食をしているので、納得しないかもしれない。

「でも今から作るとなると、知り合いの所を回る時間がなくなるかもしれないし、できるなら『大老の森』の話も集めたいんだけどな」

グンジョー市騎士団なら何らかの情報を得ているかもしれないので訊きに行こうかと思っていたのだが、守秘義務に当たるとか言って教えてくれないかもしれない。一応、サンガ公爵家の関係者という形で訊くつもりではあるのだが、それでも確率は半々といった感じだろうと思っている。

「一応、今緊急事態が起こった場合にすぐに動ける公爵家の関係者は私たちだけなので、大義名分はあるんですけどね」

プリメラも騎士団がどう判断するかわからないそうだ。まあ気になる情報ではあるが、王都に帰ればリオンとアルバートがほぼ確実に話しに来るはずなので、そこまでこだわる必要はないだろう。

「それじゃあ、どうするか……って、あそこにいるのアイーダじゃない？」

「えっと……そうみたいですね。買い物をしているみたいですね」

いまいち予定が決まらないまま歩いていると、少し先で買い物をするアイーダを発見した。ちょうど値切っている最中らしく、身振り手振りを交えながら店の人と交渉している。

「テンマさん、『大老の森』の話ではないかもしれませんが、アイーダさんならギルドとは違う情報を持っているかもしれません」

そういうわけで、アイーダから何か情報を得ることができないか話しかけてみることにした。

「騎士団の持っている情報？　さすがの私でも、詳しいことは知らされていないわよ」

いくら元騎士団の部隊長とはいえ、引退した今ではそう簡単に情報を得ることはできないそうだ。

「ただ、どうしてもっていうのなら、少し集めてきてもいいわよ？」

しかし昔の伝手は今も健在だそうで、それを使えば少しの時間で情報を集めることは可能なのだそうだ。さすがにそれはアイーダも危険ではないかと思ったが、「公爵様の大事な娘(プリメラ)と自慢の娘婿(テンマ)の名前を出せば、そうそう危ないことは起きないはずよ！」とのことらしい。

そう言うとアイーダは、「夕方くらいに『満腹亭』に行くから、お菓子を用意しておいてね！」とどこかへ走っていった。

情報の当てができた俺たちは騎士団本部にも顔を出したが、本部では情報を得ることができなかった。それは断られたわけではなく、騎士団長のアランが不在なので判断ができないという理由からだった。

騎士団本部に寄った後も知り合いのところを訪ねて歩いた結果……

「行く所がなかったな……そもそも昨日までに粗方回ったからな。それに、普通は仕事中の時間だし」

「ええ、公爵家の屋敷に戻るのもどうかと思いますけど、ゆっくりできそうな所はそこくらいしかなさそうですし、どのみち今日は皆でこちらに泊まる予定ですので、夜と明日のことを伝える為にも一度は来ないといけませんでしたからね」

グンジョー市に行くとサンガ公爵に伝えた時に、すぐにグンジョー市にある公爵家が滞在する為の屋敷を手配してくれたのだが……じいちゃんたちが到着してから自分たちは『満腹亭』に泊まると言い出したのだ。ただ、朝食は一緒に食べると決めたので、朝になるとじいちゃんたちが公爵家の屋敷に来たり、逆に俺たちが今日のように『満腹亭』に足を運んだりしていたのだった。

「それじゃあ、暇潰しも兼ねてお菓子でも作るか？」

「そうですね。アイーダさんにも頼まれていますからね」

なのでご機嫌取りの為のお菓子を作ることにしたが、アイーダとの約束が夕方（正確な時間は決まっていない）なので、あまり時間のかからないものがいいだろう。

そんなわけで、量産のしやすさからプリンを作ることにしたが、これだけだとあまり代わり映えしないので少し手を加えることにした。

「プリメラ。屋敷の使用人に、果物を何種類か買ってきてもらってくれ」

「はい、わかりました」

使用人が買い物に行っている間に、俺とプリメラでプリンの準備を進めた。プリメラは料理が苦手な方ではあるが、お菓子の準備のようにきっちりと材料を量ることは得意なので、うちに来てから何度もジャンヌたちとお菓子作りに挑戦している。

プリンを蒸す頃には使用人が果物を買ってきてくれたのでプリメラに果物のカットを頼み、俺はプリンに添えるもう一つの主役を作り始めた。

蒸しあがったプリンを冷まし、果物などを盛り付けて俺の作ったものを添えれば、『プリン・ア・ラ・モード』の完成だ。味は試食という名目で俺とプリメラ、そして公爵家の使用人たちで確かめた。

「情報を集めてみたけど、ギルドが持っているものと大差はないみたいね。ただ、気になることが一つだけあったわ。ゴブリンやオークの群れが確認されてからの犠牲者はかなり少ないそうで、出てもその遺体や遺品は回収できているそうだけど、その前……確認される前に出たであろう犠牲者に関しては、遺体や遺品はかけらも見つかっていないそうよ。不自然なほどにね」

『満腹亭』で落ち合ったアイーダは、会ってすぐに仕入れてきたという情報を話し始めた。それだけなら、確認される前の犠牲者はいなかったのかということになるだけだが、群れが確認された方角に向かったとされている冒険者や旅人、それに商隊などの行方がわかっていないらしい。最後に確認された場所から行方不明者の目的地の進路とゴブリンやオークの群れの進路が重なっていることや、行方不明者の出発時刻や群れの進行速度から計算した結果、襲われた可能性が非常に高いそうだ。それに、もし遭遇していなかったとしたら、今頃一人くらいは生存確認ができているはずとのことだった。

「オークやゴブリンの群れが人や馬を食料にして、武器や道具や装飾品は持ち去ったとしても、何らかの痕跡は見つかるはずなのにな……よほど頭のいい個体が統率している群れなら、痕跡を消す為に全てを隠すことくらいはするかもしれないけど……それでも誰一人として見つかっていないとなると、おかしな話だよな」

人並みとまではいかなくとも、それに近い知能を持っている個体がいれば、人を襲えば自分たちが襲われることになると考えて痕跡を消すくらいはするそうだが、そんな特殊な個体の率いる群れが何個も同時に発生するというのは考えにくい。

「何かの目的で遺体を持ち去った奴がいるということか?」

「騎士団の関係者の中には、そう考えている人もいるみたいだね。あと、『大老の森』関係の話じゃないけど、帝国がまたきな臭い動きを見せているみたいだよ」

帝国といえばハウスト辺境伯領に依頼で行った時に、国境線近くの砦で邪魔をしてからは大人しくしていたはずだ。

「このタイミングで帝国が動きを見せるとなると、帝国が『大老の森』に何か仕掛けたのかと思ってしまいそうですけど……帝国が仕掛けたにしては、混乱は少ないですよね? むしろ、公爵領やハウスト辺境伯領が少し騒がしいから、今動いたらチャンスがあるかな? くらいの考えかもしれませんね。まあ、その混乱もすでに収まりつつあるのですが」

プリメラの言う通り、帝国がゴブリンやオークの群れを動かしたとは考えられない。もし犯人だったとすれば、労力の割に結果が伴ってなさすぎるだろう。

「今回に関しては、帝国と『大老の森』の件は別だと考えていいだろうな。アイーダ、お礼のお菓子だ。このプリンの方は氷菓子を添えているから、すぐに食べないと駄目だぞ。それと、うちで出しているお茶菓子の方は、常温でも明後日くらいまでなら大丈夫だから」

子供の分と合わせてプリンとお菓子の詰め合わせを三人分渡すと、アイーダは上機嫌で『満腹亭』から出ていった。

そんなアイーダと入れ替わる形でアムールとジャンヌとアウラが入ってきて、その後ろから『山猫姫』の三人も来た。アムールとアウラ、そしてリリーたちが一緒にいるのにやけに静かにしていると思っていたら、さらにその後ろにはフルートさんがいた。

五人が騒ぎすぎないように監督をしていたのだろう。本来しなければいけない俺（プラス、プリメラ）と、いない場合のじいちゃんの両方がいなくなったから仕方がなくといった感じに見える。どこか……ではなく、確実に機嫌が悪そうだ。

「プリメラ、アムールたちの相手を少しの間任せた。俺はフルートさんに謝ってくる」

「ええ、アムールたちのことは任せてください。その代わり、くれぐれもフルートさんをよろしくお願いします」

グンジョー市の冒険者ギルドを実質的に取り仕切っているフルートさんは、俺とプリメラが共通して頭の上がらない人物だ。プリメラはどこまでなのかはわからないが、少なくともグンジョー市では俺にとってはおやじさんとおかみさんに並んで世話になった人だし、一番迷惑をかけた相手でもある。

そんな人が怒っているとなると、通常よりも罪悪感が倍々になるように思ってしまうのだ。

そういうわけで、意を決してフルートさんに謝罪した俺は、数十分ほど説教及び愚痴られた。最終的にはプリンとお菓子の詰め合わせを五人分（フルートさんとハルト君が二つで、ギルド長の分が一つ。ただし、ギルド長の分とは言わなかったので、フルートさんとハルト君の分に回る可能性が高い）渡し、何とか機嫌を直すことに成功したのだった。

その間アムールたちはというと、隅の方でプリメラの話を大人しく聞いていた。何でも、ひとしきり暴れたことでたっぷりとフルートさんに叱られたらしく、これ以上騒げば危険と心の底から感じたからだそうだ。

フルートさんが帰った後で、プリメラたちは全員でリリーたちの借りている部屋に移動して話をするとのことで、俺一人が食堂に残されることになってしまった。ただ、先ほどまでフルートさんに説教されていたのを目撃されていたせいか、看板娘を除いて誰も近寄ってこなかった。まあその唯一の相手も、プリンを食べ終わるとおかみさんに呼ばれて戻っていってしまったのだけれども。

そんな俺の一人ぼっちの時間は、じいちゃんとナミタロウが戻ってくるまで続くのだった。せめて、スラリンくらいアムールたちと一緒にいてくれれば、夕食の時間まで寂しい思いをしなくて済んだのに……などと思ってしまったのだった。

第五幕

「そろそろセイゲンに到着する。あとついでに、空の機嫌が限界っぽい」

アムールの言い方に釣られて空を見ると、いつ雨が降ってもおかしくない状態の空模様だった。数日前から怪しい雲が出ていたから、ここまでよく持った方だろう。

「アムール、アウラ。雨が降ってきても、ひどくないようならそのまま走ってくれ。もし駄目みたいなら、道を外れて停車だ」

「了解！」

「わかりました」

セイゲンまではあと数十分というところだろうが、道が街中のように舗装されているわけではないので、雨がひどいようならば進まない方がいい。まあ、無理をして進んだとしても、ライデンと今の馬車ならばそう簡単に故障するとは思えないが、少し待てば雨が弱まる可能性もあるし時間に余裕がないわけではないから様子見が無難だろう。

「ジャンヌ。念の為、タオルを用意しておいてください」

「わかりました」

「ならばわしは、風呂でも沸かしておくかのう。すぐかどうかはわからんが、どうせ夜までには使うじゃろうからな」

じいちゃんは、「後で私がしますから」と言うジャンヌを手で制して、風呂場に向かっていった。

「えっと、じいちゃんの手札は……かなり悪いな。連敗濃厚だから、逃げ出したということか」

じいちゃんは今、珍しいくらいに大富豪で連敗し続けているのだ。

参加人数が四人なので、平民が二人でトップとビリが一枚だけ札を交換するといういつもより緩いルールとなっているのに、じいちゃんはもう少しで連続最下位が二桁に到達するというところまで来ているのだった。ちなみにじいちゃんを除いた三人は、大体均等にトップを分け合っている。

「じいちゃんは緩いルールだと、何故か弱いね」

「その代わり、いつものルールだと誰よりも強いのですけどね」

二人が席を外れたので、一度仕切り直しという形でトランプを回収した。まあ、中断でもよかったかもしれないが、暇潰しの緩いルールだったし、何よりもじいちゃんの札を勝手に見てしまったので、続ける場合は最初からでいいだろう。

「ジャンヌ。悪いけど、お茶を入れてくれ」

「お茶菓子はどうする?」

ジャンヌに、「パンケーキがあるから、それにクリームとアイスを付けようか」と返事をすると、御者席の窓ががらりと開いてアムールとアウラが顔を覗(のぞ)かせて、それと同時にシロウマルとソロモンが俺の隣にスタンバイし、さらには馬車の上にいたはずのナミタロウまで窓から入ってきた。

「お茶が七人分に、お茶菓子が一〇人分ね」

「アムール、アウラ、交代で休憩だ。今のうちに順番を決めておけよ」

そう言うと、御者席の方からジャンケンをする声が聞こえてきた。どうやら、アウラが先に休憩するようだ。

「それで、セイゲンではどれくらい滞在するつもりじゃ？　グンジョー市の滞在が延びたから、短くするのかのう？」

「いや、プリメラたちが良かったら、予定通り五日滞在しようかと思う。挨拶回りもあるけど、ダンジョンの最下層も気になるんだよね。ないとは思うけど、新しいダンジョンの入口の蓋が壊れていたら色々と大変だからね」

最下層付近は時間のある時に採掘を行う予定なので、万が一蓋が壊れたりして腐肉のゴーレムが徘徊でもしていたら衛生的に大問題だ。もしかするとジンたちが定期的に見ているかもしれないが、一度自分の目で見ておきたい。そして、もし壊れて徘徊しているようならば、できる範囲で綺麗にしておきたい。

そう伝えると、反対意見は一つも出なかった。むしろ、馬車移動ばかりで体がなまってきているから、運動がてらダンジョンの攻略を進めるのはいい案だと、グンジョー市で出番のなかったアムールと、暴れたはずのじいちゃんは乗り気だった。なお、リリーたちと十分暴れたのではないかというプリメラのツッコミは、アムールの耳には届かなかったようだ。

「思ったより持ったけれど、どうせならあと一〇分くらい頑張ってほしかったな……」

雨はセイゲンに到着するまで降ることはなかったが、目的地のエイミィの実家まであと少しというところで限界を迎えてしまった。まあ、ずぶ濡れになったのは御者をしていたアムールとアウラだけで、中にいた俺たちは最後までトランプで遊んでいた。ちなみにじいちゃんは、大富豪ではぶっちぎりで最下位が多かったが、その後ポーカーに変わると逆に一位を取り続けていた。

「さすがに一日中馬車の中から動けぬとは思わんかったのう」

無事にセイゲンに到着した俺たちだったが、セイゲンに入ってからすぐに降りだした雨の勢いが強かったせいで、そのまま馬車の中で過ごすことになったのだった。しかも、その大雨が昼をだいぶ過ぎてから小雨に変わるまで待機していたので、丸一日近く馬車の中にいたことになる。

「ところで、昨日の夜くらいからナミタロウを見ていないんだけど、誰か知らない？」

ナミタロウは馬車の中だと狭すぎるので、移動中はスラリンたちと一緒にディメンションバッグに入っていることが多いのだが、今朝どころか昨日の夜も見ていないことに気がついた。

「そういえば、昨日テンマとプリメラがエイミィの家族に挨拶に行っておる時に、少し水を浴びてくるとか言って出ていったきりではないかのう？　ジャンヌたちはどうじゃ？」

じいちゃんがジャンヌたちにナミタロウのことを訊いても、じいちゃんと同じくそれ以降のナミタロウを見ていないとのことだった。

「まあ、ナミタロウは心配しなくても大丈夫だろう。抜けているところもあるけど、そこらへんにいる魔物や冒険者じゃ相手にならないだろうし、セイゲンだと王都の武闘大会でナミタロウを見聞きしている冒険者が多いだろうから、そうそうトラブルに発展することはないだろう……多分」

自信はないが、喧嘩を売られない限りはナミタロウから手を出すことはないはずだ。

「ふむ……わしはこの後でギルドを見に行く予定じゃから、一応忠告くらいはしておこう」

ギルドに行けばジンたちか『テイマーズギルド』の誰かがいるかもしれないので、そこからナミタロウの話を広げてもらうのもいいだろう。それに、ナミタロウにはオオトリ家の家紋入りのハンカチなどを渡しているし人間の言葉を話すことができるので、トラブルに巻き込まれそうになっても相手によっては回避できるかもしれない。ただ、できなければ相手が危ない目に遭うだろうが、冒険者は自己責任が基本なので、怪我をしても泣き寝入りかよくても喧嘩両成敗といったところだろう。

「それじゃあ、ギルドへの報告……というか、忠告？　はじいちゃんに任せるよ。俺とプリメラは、ガンツ親方の所に顔を出してくるから」

セイゲンで知り合いに挨拶するとなると、まずはエイミィの家族になるが、その挨拶は昨日一番に済ませたので次はジンたちか『テイマーズギルド』の面々といったところだ。だが、彼らは冒険者（『テイマーズギルド』の面々は副業のようなものだが）なので、今行ってもいない可能性が高い。まあ、じいちゃんが行くということなので、誰かいれば後で顔を出すと伝えてもらえばいいだろう。

そういうことなので、先に親方の工房に顔を出した方が予定を立てやすいのだ。それに、親方の奥さん（ケリーのお姉さん）とどうなったのかも気になるし。

「私はジャンヌとアウラを連れて、ダンジョンに潜る！」

アムールがそう言うと、

「「えっ！　私も!?」」

と、二人は声を揃えて驚いていた。

アムールは前に来た時のように最下層を目指すつもりのようだが、じいちゃんがいない状況ではさすがに危険ということと、短期の滞在だと最下層を目指すとなると時間がないと言って説得すると、最終的に今回は軽い運動と割り切って浅い階層で遊ぶと決めていた。まあ、そう決めたとしても、調子が良ければアムールはどんどん潜っていってしまうと思うので、お目付け役にスラリンと万が一の時の護衛として（ついでに、散歩を兼ねて）シロウマルとソロモンも連れていかせることにした。

「やっぱり、道の状態が非常に悪いですね」

じいちゃんたちをそれぞれの目的地の近くまで送ってから、俺とプリメラの二人でのんびりと親方の工房を目指した。その途中、ぬかるんだ道に苦戦する通行人や馬車を見たプリメラが、ポツリと呟いた。舗装されている道は、水たまりはできているもののまだ普通に歩けるのでそこまで問題はないが、裏通りや使用頻度の少ない道は舗装がされていない所の方が多いので、時折悲惨な光景を目撃することがある。まあ、悲惨といっても、通行人がぬかるみに足を取られて泥だらけになっていたとか、車輪がぬかるみにはまって動けなかったり壊れたりといったもので、大きな怪我をした人は見た限りではいなかった。

実は出発する時に雨がやみかけていたので、身軽に動けるように徒歩で移動し、雨が降ってきたら乗り合いの馬車を利用すればいいのではないかと、俺は提案していたのだ。

しかしプリメラは、グンジョー市や王都と比べるとセイゲンは完全に道が舗装されているわけではないので、馬車で移動した方がいいと主張したのだった。その主張に、足元が汚れることを嫌がった女性陣が賛成したのでうちの馬車で移動することに決まったのだが、こうしてぬかるみに苦しんでいる人たちを見てしまうと、プリメラの言う通りにして正解だったと思わざるを得ない。ちなみに、街中なので速度を出すことはできないが、速度のこととライデンと馬車を目的地でバッグに入れる手間を足しても、ぬかるみを徒歩で移動するよりも速いし不快感もないという、プリメラのもう一つの理由も当たっていたりする。

プリメラのおかげで無事（ぬかるみに苦しんでいる人たちからは、恨めしそうな目で見られたが）に親方の工房に到着した俺たちは、ライデンと馬車を片付けてから工房の中に入ったが……そこで、俺はとてつもない違和感を抱き、すぐにその理由に気がついた。なお、親方の工房にあまり来たことのないプリメラは、その違和感に気がつくことはなかったようだ。

「おっ！　いらっしゃい！」

俺とプリメラに気がついた親方の弟子が声をかけてきたので、工房の違和感のことを訊くと、弟子は笑いながらその理由を話してくれた。

「よう、テンマ！　よく来たな！」

俺の笑い声が聞こえたのか、親方が作業を中断して俺の所へやってきた。

「ええ、セイゲンに来たら、親方に挨拶しないわけにはいきませんから。まあ、次に来る時には、親方と『奥さんに』になると思いますけど」

そう言うと親方は、ギロリと弟子を睨みつけたが……弟子は、親方が睨むよりも前にこの場から逃走していた。

親方は俺たちの結婚式の後でケリーと話し合ったそうで、今はケリーを間に入れて奥さんとの仲を修復中なのだとか。その一環として、工房と家（奥さんが出ていった後で相当汚れたらしい）を掃除するようになったとのことだった。まだまだ汚れてはいるが、前に来た時より整理（前が悪すぎたので、俺からするとだいぶ整理されたように見えるが、プリメラから見ると全然らしい）されている。

「そういえばテンマ。最近ダンジョンが騒がしくなっているのは聞いたか？」

セイゲンに来たばかりで何も知らないと答えると、親方は最近のダンジョンの（ただし、親方はダンジョンに潜らないので、客の冒険者から聞いた）話を教えてくれた。

親方の話によると、四二階層にある湖の水量が何故かここ最近増えてしまい、次の階層の穴に続く道が水没してしまったそうだ。水位は増えたり減ったりを繰り返しているそうだが、道が水面より上に出ることはないらしい。

「水位が減っている時に無理をすれば渡れないこともないそうだが、一番浅い時でも五〜六〇センチはあるそうでな、数人があそこの魚に襲われて命を落としたそうだ」

タコがいないとはいえ、元々あそこの魚は今よりも浅い状況の中で何人もの冒険者を襲って餌にしてきたのだ。水嵩の増した状況では、以前よりも危険度が数段上がったと見なければならないだろう。まあ、俺たちは湖を飛ばしてその下の階に行けるのであまり気にする必要はないが、湖のエビを捕まえに行ったり水の中のお宝を回収したりすることは十分考えられるが、その場合でも依然と同じように行動するので危険度は変わらないだろう。

そう思っていると、

「テンマさん……アムールは浅い階層で遊ぶと言っていましたが、四二階はアムールにとって『浅い階層』になるのではないでしょうか？」

四二階層といえば、セイゲンのダンジョンの規模からすると中層といったところだが、大半の冒険者からするとかなり下の階層だと言っていい。しかしアムールは、以前来た時に八〇階層まで潜っている。つまり、アムールからすれば四二階層は、「『中層寄りの上層部』だから大丈夫！」ということになりかねないのだ。実際にアムールの実力からしても、四二階層くらいなら魔物の強さは上層部と大して変わらないだろう。

だがそれは、アムールにとっての基準であり、ジャンヌとアウラはその限りではない。それに、ジャンヌは先に進みたがらないだろうが、アウラの場合はアムールにスラリンたちがいるから大丈夫だとか言って、先に進みたがるアムールに賛同しそうだ。

「スラリンが止めてくれるのに期待するしかないけど、念の為俺たちも行った方がいいかもしれないな」

「そうですね。さすがに湖よりも下の階層から始めるとは思えませんが、湖の少し上の階から始めて、湖を目標にするくらいはやりそうです」

特に変わり映えのないダンジョンにおいて、四二階層の湖のような場所は目的地とするのにちょうどいいのだ。なので、アムールが湖を目指すとしてもおかしくはない。

「プリメラ、すぐにダンジョンに潜ろう。スラリンもいるし大丈夫だとは思うけど、敵は魔物だけとは限らないしな」

「そうですね。そうと決まったら、急いで向かいましょう！」

まともに挨拶ができなかったことを親方に謝罪し、俺とプリメラは小雨が降りだした街をライデンで駆け抜けた。

◆ガンツSIDE

「親方ぁ……いい加減勘弁してくださいよぉ……」

少し考え事をしていると、テンマにいらんことを吹き込んだ弟子の声が頭上から聞こえてきた。テンマたちが出ていってすぐに天井から逆さに吊るしてみたが、まだまだ余裕がありそうだ。このままほったらかしにしておいても大丈夫だろう。

「それにしても親方。テンマはあんなに慌てて帰る必要があったんですかね？　いくら中層まで行くかもしれないといっても、アムールなら余裕でしょう？　それに、スラリンやシロウマルがいるのなら、お荷物が二人いたとしても問題ないと思いますけどね？」

吊るされている弟子を眺めていた他の弟子の一人が、首をかしげながら俺の所へとやってきた。

「まあ、セイゲンの冒険者なら、アムールたちがテンマの連れということは知っている……というか、知っていて当然の話だが、最近はよその地域で活動していた奴が増えているからな。そういう奴らがちょっかいをかける可能性は大いにある」

「それでも、テンマやアムール、それにスラリンたちの噂ぐらいは知っていると思いますけど？」

「噂を知っているだけの奴は、実際に痛い目に遭わないとわからんだろう。まあ、中層を抜けられない奴にアムールやスラリンが負けるとは思えんが、ジャンヌとアウラは万が一ということもあるしな。それに……」

「それに？」

「さすがに、新婚旅行で身内が人を殺すというのは避けたいだろうからな。たとえそれが、正当防衛であったとしても」

そう言うと弟子たちは、揃って頷き納得していた。

「まあ、それは建前で、本当はアムールたちに人殺しをさせたくないと考えているような気もするがな」

そんな呟きは弟子たちの耳には届かなかったようだ。

どちらがテンマの本音かはわからないが、あれは身内には甘いところがあるから、おそらくは後者が正解だろう。もっとも、たとえ正解だったとしても、本人は否定するかもしれんがな。

◆

「小雨とはいっても、さすがにだいぶ濡れてしまいましたね」

ダンジョンに到着した俺たちは、すぐにプリメラの登録を済まして湖のある階層の一つ上（四一階層）に移動した。本当なら、プリメラは初めてのダンジョンなので一階層から始めるのが筋なのだろうが、緊急事態ということとプリメラの実力なら四〇階層あたりでも十分通用するので、『オラシオン』のリーダーの判断ということで連れてきた。

プリメラがダンジョンに潜る為の手続きをしている間に、何人かの顔見知りにアムール（らしき人物）たちを見なかったか訊いてみたが、誰一人として戻ってきたところを見ていないとのことだった。

「先に湖の方を見てみよう。悪いけど、今は移動しながら拭いてくれ」

プリメラに布を渡して、急ぎ足で四二階層へ続く道へ向かった。

「予想より水位が上がっているな……」

四二階層に下りてすぐに感じたのは、思った以上に水が増えていることだった。前に来た時よりも明らかに陸地が減っており、見た感じでは三分の二くらいは水に沈んでいる気がする。

「ここにアムールたちは来ていないようですね」

見た範囲では誰一人いないようだ。念の為『探索』を使って確かめてみたが、やはりここには誰もいないようだった。

「プリメラ。この階と上の階にはアムールたちはいないようだから、まずはここで着替えよう。その後で一度上に戻ってから受付でもう一度訊いて、いないようなら四一階層から上に移動しながら捜そう」

それを何度か繰り返していけば、予想通り湖に向かっていたとしたら見つけることができるだろう。一応、受付の人にアムールたちを見かけたら、ダンジョンの入口付近かギルドで待つようにと伝言を頼んでいるので、すれ違いになる可能性は低くなるはずだ。たとえ合流できなかったとしても、何度か繰り返せば注目されるだろうから、馬鹿なことを考える奴は減るだろう。ちなみに、受付で雨に濡れたプリメラに対してよこしまな視線を向けていた奴らには、ちゃんと殺気を込めた俺の視線をお返ししてあげていた。そのおかげで上に戻った時にプリメラを見る目によこしまなものはなかったが、その代わりに怯(おび)えが混じっていたせいで、俺が何かしたのだとプリメラに気づかれてしまった。

プリメラの疑うような視線を受けながら受付でアムールたちのことを訊いたが見ていないとのことだったので、四二階層から上を捜し始めることになった。そして、捜し始めること三〇分後……
・・・・・・四〇階層で数人の冒険者をボロ雑巾のようにしていたアムールを発見したのだった。
「遅かった……か？」

「いえ、まだ動いているようですので、ギリギリ間に合ったかと……あっ！」

アムールの足元に倒れていた冒険者が動いていることに安堵したプリメラだったが、その次の瞬間にアムールの蹴りが顎を捉えた光景を見て驚き、言葉を失ってしまった。

「ん？ ……あれ？ テンマとプリメラが、何でここに？」

プリメラの声で俺たちに気がついたアムールは、不思議そうな顔でこちらを見ていた。

「とりあえず、そいつらは何をしたんだ？」

アムールの質問より先に、何がどうなってこの状況が生まれたのか問い質すと、

「こいつらが襲いかかってきて、私が返り討ちにした！」

とのことなので、後ろの方に隠れていたジャンヌとアウラにも確認することにした。すると二人揃って頷き、アウラに至ってはいかに男たちが自分をいやらしい目で見ていたかを声高に訴えていた。

「つまりこいつらは、自分たちの欲望の為にジャンヌたちを捕まえようとしたわけか……スラリン、間違いないか？」

念の為スラリンにも訊くと、スラリンは体を縦に弾ませて肯定した。

「そうなると、アムールたちの無実を証明する為にもギルドに連れていかないといけないか……面倒臭いから、縛ってそこらへんに転がしておくか？」

「……さすがにそれはオオトリ家の評判に関わってくるので、やめておいた方がいいと思います」

転がすといっても、ちゃんと牢屋のようなものを作ってその中に入れておくつもりなのだが、プリメラは悪評が立つからと反対した。そんなプリメラも俺の提案に一瞬迷ったようなそぶりを見せていたので、内心では転がしておいてもいいと思ったのかもしれない。

「仕方がない、ディメンションバッグに入れてギルドまで連れていくか。アムールたちに襲いかかったのが初犯でなければ、何らかの類似した事件がギルドに報告されているだろう」

それに、たとえ初犯であったとしても、実際にアムールたちと争いになったのは確かだし、ああ見えてアムールは子爵家の令嬢なのだ。貴族に手を出した以上（出していなかったとしても争いになった以上）、こいつらの取り調べは厳しいものになるだろう。

「もしこの人たちの犯罪がすぐに証明されなかった場合、セイゲンに長期滞在することも考えないといけませんね……」

プリメラは諦めたような、もしくは呆れたような声で呟きながら、何故かスラリンをこねくり回していた。まあ、新婚旅行なのにこれだけトラブルが続けば仕方がないのかもしれない。八つ当たりで（というほどひどい扱いではないが）こねくり回されているスラリンには申し訳ないけれど、もう少しプリメラの好きにされていてほしい。

スラリンがプリメラに捕まっている間に、まだ気絶している犯人たちを縛り上げてバッグに放り込もうとしたところ、

「お～い、テンマ～！」

ジンたちがやってきた。

「何か、受付でテンマとプリメラが変な行動をしていると聞いてよぉ。面白そうだから見に来たぜ！」

「面白そうなことなら、俺たちも手伝うぜ！」

野次馬根性丸出しで来たくせに、わざとらしく爽やかさを演出しようとするジンとガラットに少しイラっとしたが、ジンたちならこいつらのことを何か知っていると思い相談してみることにした。

すると、

「アムール、お手柄だな！　こいつらは少し前にセイゲンに流れてきたよそ者でな。元の場所でどうだったか知らんが態度と口と性格が悪くて、来て早々に問題を立て続けに起こしたせいでギルド長がキレる寸前だぜ。悪事の証拠が揃い次第、資格剥奪だけでなく犯罪者として処分してやる！……ってな」

「初犯じゃないとは思っていたが、他に何の容疑がかけられているんだ？」

やっぱりな……と思いながら、ギルド長の物真似をしているジンに他の容疑を訊こうとすると、ジンの代わりにガラットとメナスが、

「まあ、軽いところで脅迫だな。他にも、恐喝と窃盗……新人の見つけたものを難癖つけて取り上げるとかが確認されている」

「それと、あいつらが来てから数人の新人が姿を消したことから、殺人の容疑もかけられていたね」

かなりあくどい連中だったみたいだが、殺人に関しては数人が姿を消したというだけで証拠が

ない為、あくまでその可能性があるということらしい。その代わり、脅迫・恐喝・窃盗については、ダンジョン内でのことなので確実な証拠はないものの、目撃者や被害者の訴えがあるのでギルドは『ほぼ黒』と断定しているそうだ。ただ、それだけだと犯罪者にするどころか資格の剥奪も難しいらしく、できても数週間の資格停止処分がせいぜいだそうだ。その資格停止中によその街に逃げられる可能性もある為、決定的な証拠が出るのを待っている状況だったが、今回アムールを襲おうとしたことで、『貴族に対する暴行罪』と『貴族を標的にした誘拐未遂罪』が適用されるはずなので、それだけで十分引導を渡すことができるだろうとジンたちは笑っていた。

「それじゃあさっそく、ギルドに行こうぜ！」

やけに上機嫌のジンとガラットが、冒険者たちを乱暴にディメンションバッグの中に投げ入れると、俺の背中を押すようにしてワープゾーンのある下の階に向かい始めた。

そんなジンとガラットを、メナスは呆れたように見ながら歩き始め、プリメラはリーナたちと話しながら後をついてきた。

「聞け、お前ら！　あの馬鹿たちがやらかしたぞ！」

「引導を渡したのはアムールだ！」

ギルドに入るなり、ジンとガラットは大声で問題だった冒険者たちがアムールにやられたと叫んだ。するとそれを聞いた冒険者たちからは、喜びの声と落胆の声が聞こえてきた。

さすがにここまで来ると俺だけでなく、アムールやジャンヌにアウラも怪しいと気がついたようで、ジンとガラットを冷たい目で見ていた。しかし当の本人たちは、自分たちの評価が下がりつつあるのに気がついていない。

「メナス、一体これは何なんだ？」

「まあ、簡単に言うと、あの問題の冒険者たちが、『いつ・どこで・誰に』捕まるかを賭けていたんだよ。ちなみに、一番人気は『テンマがセイゲンに来た日にダンジョンで』だったね。二番人気は『テンマがその次の日にダンジョンで』だったよ」

なお、人気は俺関連が上位を占め、六位あたりからじいちゃんになり、アムールが登場するのは一〇位を超えてからのはずだとのことだった。ちなみに、胴元はアグリたちらしい。そのことについていつもの定位置でじいちゃんとお茶をしていたアグリに問い質したところ、「利益は『テイマーズギルド』の新人教育に充てる」とのことらしく、俺は（一応）会員なのに普段何もしていないのだからとも言われたので、今回の件は見逃すことにした。

勝手に賭けの対象にされ、しかも人気薄だったアムールはアグリに抗議しようとしていたが、その前にアグリがお菓子の詰め合わせを差し出したので、ころりと態度を変えていた。アグリはアムールの抗議を予想していたらしく、先に準備をしていたようだ。ついでに言うと、じいちゃんに出しているお茶菓子もアムールと同じ理由で準備していたらしい。なお、俺は『テイマーズギルド』の会員ということで、そんな配慮は必要ないだろうとのことだった。

「ついでに訊くが、メナスたちは当たったのか？」

「いや、当たるも何も賭けていないからね。ジンとガラットはどうやら当たったみたいだけど、私の場合はリーナが、『プリメラの機嫌によっては、賭けているのがバレると怒られるかもしれませんね～』とか言うから今回はやめておいた……というのが表向きの理由で、本当は読みに自信がなかったからやめた」

リーナが言ったから程度のことでやめるようなメナスではないだろう？　という目で見ていると、俺の視線に気がついたメナスがすぐに訂正を入れた。リーナもプリメラがそれくらいで怒るとは思っていないはずなので、賭けなかった本当の理由はメナスと同じだろう。

「それで、あの二人はどれくらい儲けたと思う？」

「さぁ？　ただ、あの二人は一点買いじゃないことだけは確かだから、配当が大きくても大した儲けになっていない可能性があるね」

手広く買っていたとしても、あの喜びようを見る限りでは『当たっても損』ということはないだろう。もしこれが俺がらみの配当ならあの二人に遠慮なく集るところだが、今回は関係ないのでそれはアムールだけの特権だ。

そのことについてはアムールも十分理解しているようで、アグリからもらったお菓子を一つ口に放り込むと、すぐに二人の所へ向かっていった。アムールのことだから、下手をすると二人の儲けが吹き飛ぶくらい奢らせる可能性もあるが……俺には関係のないことなので、二人の懐がどうなるのか蚊帳の外から楽しませてもらおうと思う。

「賭けに関しての話は終わったようじゃな」

話に区切りがついたのを見たじいちゃんが、俺たち（アムール以外）を椅子に座らせた。

「ダンジョンの中にある湖の話は聞いておるな？　実はあそこに、ナミタロウがいる可能性が高いらしいのじゃ」

まあ、セイゲン近辺で一番大きい水場といえばダンジョンの中にある湖なので、魚類のナミタロウが泳ぎに行ったとしてもおかしくはない。

しかし、それの何が問題なのかと思っていると、

「ところがじゃ。ダンジョンの入口から入っていくナミタロウを、誰一人として見ておらんそうなのじゃ」

それだけなら誰かに……それこそ、ジャンヌたちのディメンションバッグを使ってダンジョンに入ったと考えられるが、少なくともジャンヌたちはそんなことはしていない（そもそも、俺やじいちゃんと同じくナミタロウに会っていない）らしく、ナミタロウの知り合い（ジンやテイマーズギルドの面々）も関わっていないそうだ。

「その他の知らない人に頼んだとも考えられるけど、そんなことをするくらいなら正面から入っていくような奴だよね、ナミタロウは」

たとえ受付で止められたとしても面白半分に強行突破するような生き物なので、ダンジョンの中にこっそりと入る為にわざわざ知らない誰かに頼むとは思えなかった。

「いくつか問い質したいことがあるから、とりあえずナミタロウ自身に訊きに行こう」

そう言うとじいちゃんたちも頷いて立ち上がり、アムールを呼んでダンジョンに向かおうとした……ところ、

「テンマ、湖に行くのだったら、ちょうどテンマ向けの依頼が出ているぞ」

アグリがそんなことを言った。一応新婚旅行なのだから、あまり依頼は受けたくないと言ったのだが、アグリは「テンマにしかできないことだから」とか、「同業者を助けると思って」とか言って俺を受付の所に引っ張っていった。そしてその結果、アグリの勧める依頼を受けることになった。

まあ、ナミタロウから話を聞くついでにできることだったので受けると決めたのだが、普通だと月単位の時間がかかりそうな依頼だった。その依頼内容を皆にも教えると、皆も俺にしかできない上にあまり時間はかからないだろうと納得していた。

俺一人で向かってもよかったのだが、皆も暇だしナミタロウが気になるということなので、全員で向かうことになった。外はまた雨が強くなり始めていたがダンジョンまでは馬車で移動したので、御者のジンとガラット（ジンたちも興味があるとついてきた）以外はほとんど濡れることはなく湖に到着することができた。だが、御者の二人はさすがにずぶ濡れなのが気持ち悪かったらしく、湖に着いてすぐにその場で着替えようとしていたのだが……アムールに、「変態！」と言われながら石を投げつけられ、誰にも見えない所まで追いやられてしまっていた。

「それで、どうやってナミタロウを捜すのじゃ？」

「ナミタロウのことですから、呼んだからといって素直に出てくるとは考えにくいですよね？」

プリメラの言う通り、呼んでもふざけて出てこない可能性があるので、今回は二通りのプランを試すことにした。

「まずは芋ようかんを用意して、それに糸を巻いて……投げるっ！」

まずは、ナミタロウの大好物を使っておびき出す作戦だ。これが駄目なら、もう一つのかなり乱暴な方法を取らなければならないところだが……

「もったい、な――――い！」

芋ようかんが着水する前に、ナミタロウが水面から飛び出して食いついた。まんまと作戦にはまったナミタロウは、勢いをつけすぎたらしく俺の足元まで転がってきた。

「よくもまぁ、ここまで飛んだもんじゃな……」

じいちゃんの呆れ声に、黙って頷く俺たち。

「いやぁ……そんなに褒めんでもええやん。ナミちゃん、照れちゃう」

ナミタロウはふざけながらも、ちゃっかり糸から外した芋ようかんを口に放り込んでいた。そんな様子を見た俺は、初めから乱暴な方法……雷魔法を湖にぶっ放せばよかったと少し後悔していた。

「そんで、ナミちゃんに何の用なんや？　まだ王都に帰るには少し早いやろ？」

「おお、忘れるところじゃった！　実はのう、ナミタロウがダンジョンの入口を通らずに湖に現れたと噂になっておってのう。それで、実際にどうやって移動したのかを聞きに来たのじゃ。それとテンマが簡単な依頼を受けたので、ついでにそれをこなしに来たのじゃ」

我に返ったじいちゃんがナミタロウの疑問に答えると、ナミタロウは「何や、そんなことか」と、少し拍子抜けしたような様子を見せていた。

「確かに、ワイはここのダンジョンの入口は通ってへんよ」

ならどうやって……と思ったところで、ナミタロウの言い方に違和感を覚えた。

「ここのダンジョンの入口は通ってへんけど、別のダンジョンから来たんや！」

ナミタロウの衝撃発言に、俺たちは一斉に思考停止状態となってしまった。そんな俺たちを無視するかのように、ナミタロウはさらに説明を続けた。

「昨日、猛烈に泳ぎとうなってセイゲンから一番近い川にダッシュしたんやけど、その川で泳いどる途中にちょっとした深みを見つけてな。何かあらへんかと探したら、ワイがギリギリ通れるくらいの横穴を見つけたんや。そんで、中に入ってみたらダンジョンやってな。そんなら、ついでに攻略したろ思って泳いどったら、ここにたどり着いたわけや。ついでに言うと、この湖の一番深い所に繋がっとったわ。それと、こいつはお土産や！」

そう言ってナミタロウは、自前のバッグから二メートルほどの大きさのタコを取り出した。タコは弱っていたがまだ生きており、何とかして湖に逃げようとしていた。

「何やこいつ、しぶといのう……ほいやっ！」

ナミタロウは気合と共にタコの眉間にチョップをかまし、タコの命を完全に刈り取った。ちなみに、タコはナミタロウのチョップを食らい、胴体と足の間がぺちゃんこになってしまっている。

「こいつ……前にこの湖にいた奴と同種だよな？　子供か？」

「子供かは知らんが、こいつくらいの大きさのタコは結構おったで。別に捕まえるつもりはなかったんやけど、こいつはワイを食べようと抱きついてきたもんやから、ちょっとしばいたんや」

あれ以来、この湖でタコの目撃情報はなかったが、目撃されていないだけで実際は見つからなかっただけのようだ。もしくは、こちらの湖はタコたちにとって別荘のような場所兼あのオオダコの縄張りのような場所で、本当の住処(すみか)は別のダンジョンなのだろう。

「ある意味……というか、かなりの大発見じゃないか？」

最下層で新しいダンジョンが発見されたというだけでもかなりの大発見だったのに、さらにもう一つ未発見のダンジョンが同化していたなど、ここ以外ではまだ見つかっていないかもしれない。

「あっちのダンジョンもかなり広くてな。一日じゃ回り切れんみたいなんよ。それに、あまり面白くないし……あれやったら、深海を泳いだ方が楽しい感じやな」

あちらのダンジョンは全体が水に沈んでいる上に光源になるようなものがほとんどないせいで、

何度も壁にぶつかりそうになった上に、生き物もタコを除けばこの湖にいるものと違いがないらしく、特に新しい発見はなかったそうだ。ただ、通ってきた道に新しい生き物がいなかっただけの可能性もあるし、鉱石などは調べていないのでお宝が眠っている可能性はある……が、ナミタロウは面倒だから、気が乗った時くらいしか行くことはないらしい。

「とにかく、湖と繋がっているダンジョンの報告は、ギルドと王様たちにしないといけないだろうな。もっとも、だからといって攻略は進まないだろうけど」

現状で水の中で活動できて、なおかつ報告もできるのはナミタロウぐらいである。俺やじいちゃんも魔法の使い方次第で水中での活動は可能だけど、前に倒したタコ以上の強さを持つ魔物が現れた場合はそこが墓場となる可能性がある。ぶっちゃけ、それ以上に色々と面倒臭そうなので行きたくない。王様からの指名依頼であっても無理だ。まあ、水中のダンジョンというもの自体には興味があるので、浅い場所を短時間でなら一度くらいはいずれ行ってみようかとは思っている。

「それじゃあ、ナミタロウの謎が解けたところで、俺は自分の依頼をこなすとするか」

ナミタロウと湖に繋がっているダンジョンの話が一段落したので、俺は自分が引き受けた依頼の準備をすることにした。準備自体は難しいことではないのだが少し時間がかかると言うと、俺が作業している間は暇で仕方がないなどと言いだしたのが数名いたので、その間の暇潰しにタコの下処理という重要な仕事を自称暇人たちに割り当てた。

準備は三〇分ほどである程度できたので、俺は湖の岸に立ち……

「ゴーレム、前進！」

一〇〇体を超える中型のゴーレム（平均で二メートルほどの高さ）に命令を出した。ゴーレムは二列になって壁沿いを移動し、水の深さが先頭のゴーレムの腰を超えた所で停止した。

「ちょうど一〇組目か……三〇メートルも進まなかったけど、まあいいか」

停止させていたゴーレムは、その場で座らせてから小型のゴーレムに核を回収させた。これで三〇メートルほどの岩の足場ができた。足場となったゴーレムの核の回収が終わると、今度は岸で待機していたゴーレムの一体に岩の上を歩かせて、その先端で体操座りの体勢をとらせた。そしてそのゴーレムの核の回収が終わると次のゴーレムを進ませて、先端で岩の塊になったゴーレムを湖に落とさせた。そしてそのゴーレムには位置を横にずらして同じような体勢にして核を回収。そしてさらにその次のゴーレムに湖に落とさせて……というのを繰り返した結果、一〇〇体のゴーレムで岩の足場が五〇メートルくらいまで伸びた。思っていたよりも短かったのは、場所によっては岩を落とした時に足場が悪くて別の方向に転がってしまったり、急に深くなっていたりと、予想外のことが起こったからだ。

最初の一〇〇体を道にした後は、上の階まで行ってゴーレムを作成し湖に送り込んだ。湖の近くで作った方が効率はいいのだが、埋め立てるのなら石や土が多くある所から持ってきた方がいいのではないかと思ったからなのと、タコの処理に苦戦しているじいちゃんやアムールたちに、「砂ぼこりが舞ってタコが汚くなる！」と言われたからだ。

ゴーレムを作ってから道にするまで大体一時間かからないくらいだったので、二回目からは現場の監督をスラリンに任せ、俺はゴーレムを作ることに専念した。あまり作りすぎても作業の邪魔になるので、ある程度追加を作ってからは回収した核が届くのを待ち、届いた分だけ作るのを繰り返した。

作業を分担したおかげで、二回目からは最初の半分とまではいかないものの時間の短縮に成功し、三時間ほどで不完全ながら向こう岸まで道ができた。

「最後は土魔法を使って穴埋めだな」

道といっても所々に消波ブロックを組んだかのような穴が存在するので、魔法で道の横にある壁を削り、それで出た土と石を使って道にある穴を埋めることにした。

穴を埋める作業はスラリンが監督するゴーレムに任せ、俺は宙に浮きながら先行して壁を削っていくと、三〇分くらいで立派な道が完成した。しかも壁も削って造ったおかげで、ゴーレム二体分の幅だったのが倍くらいに広がったので、もし道の上で鉢合わせしたとしても、余裕を持ってすれ違うことができるだろう。

完成まで四時間近くもかかってしまい、プリメラたちをかなり待たせることになってしまったが、皆は俺の心配をよそに馬車を拠点にして釣りをしたり食事をしたり、寝たり周辺の探索に出かけたりして時間を潰していた。俺が作業している間、十分すぎるほど楽しんでいたようだ。

「さすがに腹が減ったな……今何時くらいなんだ？」

「多分、夕食としてはかなり遅いくらいの時間帯だと思います」

日付が変わるまではまだ時間があるだろうけど、いつもよりかなり遅い時間で間違いないとのことだった。集中していたので、そのあたりの感覚がおかしくなっていたみたいだ。

俺が一人で遅い夕食にしようとすると、何故か皆もやってきて一緒に準備を始めた。俺以外はすでに夕食を終えたはずなのにどうしてだろうと思ったら、時間が経ったせいで小腹がすいたとのことだった。

結局、一人で食べるよりも皆で食べた方がおいしいということで一緒に食事をしたのだが……明らかに二度目の夕食（夜食）なのに、俺よりも食べたのが三人（プラス二匹）に食べようとしてリタイアしたのが一人いて食後の休憩が延びてしまい、地上に戻ったのは日付が変わった夜中になってからだった。戻る前にナミタロウにも声をかけたが、もう少し湖にいると言って水の中に消えたのでそのまま置いて帰ることにした。

依頼の完了と水の中のダンジョンの報告はその日の昼に行い、さっさと報酬をもらって他の依頼は受けるつもりはなかったのだが、川の底にある入口の場所だけでも教えてほしいと頼まれたので、半日も過ぎないうちに湖に戻ることになった。

ナミタロウに話を聞いて改めてギルドに戻り報告したところ、入口のある場所がセイゲンの管轄内ということがわかり、ギルド長や職員が大喜びしていたが……そのすぐ後で水の中を攻略できる冒険者がいないことに気がつき落胆していた。

ギルド長や職員たちのせいでどことなく暗い雰囲気となってしまったギルドを後にした俺たちは、二手に分かれて挨拶回りや買い物に向かい、その日のうちにセイゲンでの予定のほとんどを消化することができた。

そういった理由から、報告した日から二日後に王都に向けて出発しようということになったのだが……報告した日の翌日から雨が強く降り始め、出発予定の日になっても降りやまなかった為、出発がさらに二日ほど遅れることになるのだった。

ちなみに、雨が降って喜んでいたのはナミタロウだけで、ナミタロウは大雨の中で激流となった川を流れに逆らって泳いで遊んでいたらしい。

なお、滞在の延期後にダンジョンの中にある湖の水位がまた上がり、俺の作った道が完全に沈むことはなかったものの、下の階まで水が流れたそうだ。ナミタロウによると、川と繋がっているダンジョンの水が、川の水位が上がったことにより圧力で押し出されたのだろうとのことだった。

第六幕

「それで、タコが生息しているダンジョンはどうなったんですか？」

「川の流れを一度堰き止めてから中を調べてみるという話が出たそうだけど、結局のところ水中で活動できる人物が見つかりそうにないということで、入口を石や粘土で固めて塞ぐそうだぞ」

セイゲンから帰ってきた俺たちはダンジョンの報告を兼ねて王城に遊びに来たのだが、報告を終えた後でプリメラはマリア様とイザベラ様に捕まり、ルナとアイナも連れてマリア様の部屋で女子会を行うことになった。取り残された俺はというと、ティーダに捕まりダンジョンの話をせがまれていた。ちなみに、ダンジョンを発見して唯一中で泳ぎ回ったナミタロウは、報告は俺に任せるなどと言って、王都に向かうルートの途中にある川で別れた。

セイゲンは王家の直轄地なので、王様に相談もなしに入口を塞いでもいいのかとも思ったが、ダンジョンに関してセイゲンのギルドはある程度の判断を任されているそうで、今回の場合はナミタロウの言っていた『ダンジョン内の湖の水位が上がった理由』が緊急性のあるものという判断の下、一度入口を塞いで様子を見るとセイゲンのギルドが決め、王家もそれを認めたということになるらしい。

一応、その報告の場にいた貴族の中からは塞ぐことに反対する意見も出たのだが、塞ぐのは一時的なものであり、水位に影響がなかった場合は元に戻すという条件がギルドからの報告書に書かれていると王様が言うと、それ以降反対意見は出なくなった。

「中の生態系はどうなっているんですかね？」

「基本的には湖と変わらないみたいだと、ナミタロウは言っていたな。ただ、湖にある出入口がダンジョンの最下層というわけではないらしく、下手をするとセイゲンのダンジョン並みに深いんじゃないかとも言っていたぞ。だから、タコ以外にも未確認の生き物はいるだろうな」

タコや湖にいた大型の水中生物が近くの川で発見されないのは、川の底にある入口が狭くて出られないからとか、川（もしくは水質）がダンジョンの生き物たちの性質に合っていないなどが考えられる。ただ、出てくるだけならば軟体動物であるタコの場合、大きさによっては川で発見されていてもおかしくない気はするが……タコは基本的に水底の方にいる生き物だし、小さいと入口にたどり着く前に肉食の魚に食べられてしまうのかもしれない。

「でも、あのタコって、結構硬かったですよね？　いや、硬いというよりは、弾力のせいでなかなか噛み切ることができないというか……薄く切ってあれなら、丸のままだと無理なんじゃないですか？」

ティーダは昔お土産として食べさせたタコの食感を思い出しながら、肉食とはいえ魚にタコを噛み切ることができるのかと疑問に思ったようだが、

「いや、昔倒したサイズだと無理だろうけど、二メートルほどの大きさならそこまでではなかったぞ。多分、人間でも歯が丈夫であごの力に自信のある奴なら、生の丸かじりでも噛み千切ることができると思う。それに大型の肉食魚ともなると、歯は頑丈な上に鋭くとがっていて、噛みついたら引き千切ろうとして素早く回転するからな。もしティーダが腕を噛まれたら、ものの数秒でもぎ取られるだろうな」

そう言うとティーダは以前見せた肉食魚の歯を思い出したのか、腕をさすりながら苦笑いを浮かべていた。

「そういえば、テンマさん。帰る途中で牛を見に行きましたか？」

「いや、いつもなら休憩も兼ねて生息地の近くまで足を延ばすけど、今回の旅はトラブル続きで予定よりも遅れたから行かなかったな。それに、元々牛の生息地付近はセイゲンから王都への道から少し逸れるからな」

「そうですか……最近だと、生息地付近に行ったのはいつくらいになります？」

「さぁな……一年近く前になるんじゃないかな？　結婚式なんかの準備で忙しくしていたしな。それで、俺は何の容疑をかけられているんだ？」

　ティーダの話の変え方は少し不自然だったし、その後の質問は完全に尋問だ。ティーダもそのことを隠そうとしていないので、これで気がつかないわけがない。

「えっとですね……最近、狩猟禁止区域内に生息している牛の密猟が増えているみたいなのです。みたいというのは、実際に密猟をしているところが確認されたわけではないのですが、ここ数か月である地点で観測していた群れが消えたり、人に襲われたと思われる痕跡が見つかったりということが続いたので、一部の貴族が騒いでいるのです」

　一部の貴族とは、主に改革派のことだろう。おそらくは、密猟者の手際が良くその正体が摑めていないので、これ幸いと王族派への嫌がらせの一環として俺に疑惑を向けたのだと思われる。

「そもそもそんな危ない橋を渡るくらいなら、王家とのコネを使って間引く依頼を俺に指名してもらうか、間引いたやつを俺が買い取ることができるように頼むだろうな。そっちの方が安全で楽だし」

ついでに言うと金に困っているわけでもないので、わざわざ危ない橋を渡る必要はない。

「ですよね。それに、仮にテンマさんが密猟を行ったとすると血の痕など残るわけがありませんし、傷を負わせた牛に逃げられるはずがないです」

その言い方はどうかと思うが、ティーダの言う通り仕留めた瞬間にディメンションバッグに放り込むか、スラリンに捕まえさせれば血の痕が残ることはないだろう。それに、たとえ傷を負わせた牛が逃げ出したとしても、シロウマルとソロモンからは逃げられない。うちの食いしん坊たちの食欲と意地汚さを侮ってもらっては困る。

「そのことをはっきりさせたかったから、俺の話し相手がティーダだけだったのか？」

「ええ、一応僕が発案者で責任者ということになっていますから……それに、陛下や皇太子殿下がテンマさんに尋問したとなると、物事を大げさにしたがる者が少なからず存在しますので」

確かに俺や王様たちは気にしないだろうが、そこにくちばしを入れて騒ぎを起こそうとする輩(やから)は確実に存在する。なので、王家でも一番といえるくらいの付き合いがあり、書類上の親戚（エイミィの関係で、ギリギリ書かれるくらい）でもあるティーダが担当するのが一番簡単で手っ取り早いのだろう。

「あまり牛の生息地に行くことはないけど、行く機会があれば群れのことは気にかけておこう。まあ、効果は薄いだろうけど」

「お願いします。一応王家の方からも、直接ギルドに見回りの依頼や犯人に関する情報、もしくは捕縛に賞金を出すことになっているので、密猟者への牽制(けんせい)にはなると思います」

その依頼に合わせて、俺が疑いをかけられたせいで密猟を気にしている……というより、かなり腹を立てているといった感じの噂を流すはずだ。

俺の名前を使う場合、その裏にはシーザー様がいるような気がするが……俺も王族の名前を出したりするので、持ちつ持たれつといった感じだろう。ちなみに何故シーザー様かというと、ティーダは勝手に俺の名前を使っていいのか気にした結果、結局使わないか許可を取るということになりそうだし、王様の場合はマリア様に何か言われるのを嫌がって使わない可能性があるからだ。その点シーザー様なら、「必要だから使った」や、「噂を王家が流したと気がつかれても、逆にそれだけ遠慮のない関係なのだとアピールすることができる」と言いそうだからだ。

付き合いの密度もあるだろうが、王家の中で一番王族らしい性格をしているのがシーザー様だが、王家の中で一番空気が読めるのもシーザー様なのだ。おまけに、王様やライル様、ルナにアーネスト様と比べると面倒臭いところがないに等しいので、ある意味一番気疲れしない人だったりする。

「さて、と……プリメラが解放されるまでまだまだ時間がかかるだろうから、今のうちに厨房に行ってくるか」

時間のあるうちにお土産を厨房に置いてこようと部屋を出ると、ティーダも気になるのかついてきた。まあ、俺の相手をする役目を王様たちから押しつけられているので、放っておくこともできないのだろう。

「テンマさん。今回のお土産は何ですか？」

「それは後のお楽しみ……とか言っても、大体予想はできていると思うけどな」

苦笑いのティーダを引き連れて、王城の施設の中では一番と言っていいくらい足を運ぶ厨房へとやってきた。厨房にいた料理人たちは、俺が入ってきた時は軽く手を上げたり遠くから声をかけたりするだけだったが、その後ろにいたティーダを確認すると驚きからか少しの間動きを止めて、すぐに床に膝をついて臣下の礼を取った。そして、異変に気がついてやってきた料理長に、手と服を汚すなと怒られていた。

王城の料理長は、平民の出ながら先代の王様に料理の腕を見込まれて名誉男爵の爵位を得た人物であり、さらには料理長の長男も実力で副料理長の座についている有名人である。ちなみに、厨房で怒鳴り声が聞こえた場合、その大半がこの親子の口喧嘩だそうだ。あと、料理長の奥さんは食堂の配膳係兼助っ人料理人で、次男は自称さすらいの料理人とのことだ。奥さんとは何度も会ったことがあるが、次男との面識はない。

そんな料理長の前にナミタロウからもらったタコの半分を渡すと、興奮しながらタコを厨房の奥へと運んでいった。あのタコはティーダたちへのお土産なのに、あのままだと料理長の練習台にされそうだったので追いかけると、料理長はさっそくタコの足の先を小さく切り取って咀嚼していた。

ぬめりも取ってない状態ではおいしくないと思うが、料理長は真剣な表情で味を確かめている。この状態だと俺の話が耳に入らない可能性が高いので、奥さんの方にタコの下処理の仕方と『タコは王様たちへの土産』ということを伝え、料理長が暴走しないように見張りを頼んだ。

「奥さんに頼んでおけば食い荒らされることはないだろう。奥さんにしても、料理長が王族への土産を盗んだとなれば、良くて料理長の死罪で奥さんと息子が王都追放。悪くすると一族連座だからな」

「そうですね。さすがに連座はないでしょうが、普通なら料理長は死罪を言い渡されても仕方がありません。もっとも、死罪を言い渡された後で何やかんやあって、一家揃って王都からの追放に収まりそうではありますけど」

ティーダの言う通り、王様は食べ物の恨みで死罪にはしないだろうし、内心では文句を言いながらも不問にしたいだろうが、そうすると他の人に示しがつかないので最終的に王都からの追放という形になるだろう。まあ、追放されたとしても、あの一家ならどこでも順応するはずなので心配はいらない。

「それでテンマさん、次はどこに行きますか？」

「そうだな……訓練場にでも行ってみるか。あそこなら相手をしてくれる人がいるだろうし」

書庫で時間を潰してもいいが、本に集中してしまうとプリメラが解放された時に気がつくのが遅れて、帰るのが遅くなってしまうかもしれない。その点訓練場なら、集中して解放されたのに気がつかなかったとしても、俺がいるというのはすぐに伝わるだろうから、誰かが呼びに来てくれるだろう。

そういった軽い思いつきで訓練場に向かったところ……真っ先にディンさんに捕まり、武闘大会個人戦決勝並みの戦いを強いられただけでなく、ディンさんとの訓練の途中からやってきたライル様により、近衛隊及び騎士団の中から選ばれた騎士相手（近衛から五人に騎士団員から五人）と一対一で戦わされたのだった。なお、近衛隊はいつもの面々が選出されて（正確には自薦した）おり、狡猾なことに騎士団を先に戦わせて、俺が疲れたところを狙ってきた。まあ、相手が近衛隊に切り替わったところでそれまで使っていなかった魔法を使うようにしたので、騎士団と戦った時よりも早く試合を終わらせることができた。

そして、急に使用された魔法について、騎士団で最初に負けることになったクリスさんが文句を言いだしたが……そもそも魔法なしというルールではなかったので、つい調子に乗ってからかいながら言い負かしてしまった。なので、後で文句を言いに来ることは間違いないだろう。今も、恨みの籠もった目で俺を見ているし……

「ところでティーダは……邪魔しない方がいいかな？」

俺の方は一通り（勝手に組まれた）予定を消化したので、ほったらかしになっていたティーダはどうしているのだろうと探してみると、訓練場の端の方でライル様にしごかれていた。昔よりはティーダも実力が上がっているし体力も増えているので、傍（はた）から見ると割と善戦しているように感じるが、肩で息をして限界の近そうなティーダに対し、ライル様は余裕のありそうな表情でアドバイスをしながら相手をしているので、手のひらで転がされているというのが正しい見方だろう。

「お疲れ、ティーダ」

ティーダが転がされたところでライル様のしごきが終了したので、水の差し入れを持って声をかけたのだが……疲れすぎているようで反応がなかった。

「おう！　テンマもお疲れさん！　ティーダはそのまま放っておいても……ん？　何だ？　……わかった、すぐに行く。お前はそのまま各所に連絡を回せ！」

ティーダとは違い、いい運動程度といった感じのライル様が俺の所へとやってきたが、すぐに走ってきた部下の報告を聞いて真剣な表情になった。

「テンマ、緊急事態が起こったそうだ。それが何なのかをここでは話せないが、すぐに屋敷の方に戻ってくれ。もしかすると、テンマの所にも話が行くかもしれない」

ライル様の言い方は気になるが、今訊いてもこれ以上の話は聞けそうにないので、とりあえずプリメラと合流して屋敷に戻ることにした。それに俺の方にも話が来るかもしれないということは、報告には俺と縁の深い人物が関係していると思われるので、誰か絶対に来ると想定していた方がいいだろう。

そう判断し、ティーダのことはディンさんに頼んでプリメラを迎えに行こうとすると、ディンさんがクリスさんにプリメラの迎えに行くように命令し、俺はその間にライデンの準備ができるようにしてくれた。

王城に来る時はライデンの引く馬車だったが、緊急事態かもしれないということでライデンに二人乗りで帰った方がいいだろう。さすがに郊外を走るような速度は出すことができないが、馬車を引かせて帰るよりは断然早いという判断だ。まあ、接触等の事故を起こすわけにはいかないので、当然ながら王都の交通ルールを守る必要はあるけれど。

「テンマ～！　お客が来てる！」

屋敷のすぐ前まで来ると、待ち構えていたらしいアムールが門を開けて来客を知らせてきた。家で預かっている立場であり、一応子爵令嬢のアムールが門の所で待つことなどこれまでなかったことから、もしかすると緊急性の高い事態になっているのかもしれない。

「誰が来ている？」

「アルバートとリオンとサモンス侯爵」

「サモンス侯爵も？　そうなると、緊急事態が起きたのはハウスト辺境伯家か？」

問題がサンガ公爵家で起きたのなら義兄であるアルバートのみで来るだろうし、サモンス侯爵家なら当主のサモンス侯爵のみか侯爵とカインで来るはずだ。

それなのに三家が揃ってやってきたということなので、親戚でも当主でもない人物のフォローの為だと考えた。そしてその考えは、応接間に入って確信に変わった。

普通なら、三人の中で一番地位の高い人物であるサモンス侯爵が中心になるはずなのに、当主でも親戚でもないリオンが中心になって座っているのだ。

「テンマ、何やらハウスト辺境伯家からオオトリ家に頼みたいことがあるそうじゃ」

辺境伯家の頼み事とは政治的なものなのだそうで、アルバートはオオトリ家側の証人、サモンス侯爵は辺境伯家側の証人としてついてきたらしい。

「リオン、王城がバタバタしていたけど、辺境伯領に関係することというので間違いないのか？」

「ああ」

「オオトリ殿、正しくは今のところ辺境伯領に関することですが、このままだと王国全体の問題になるものです」

リオン側のスタンスの為か、サモンス侯爵はいつもとは違う口調と雰囲気で訂正を入れてきた。

「リオン、どういうことだ？」

このままサモンス侯爵に問いかけてもよかったが、一応辺境伯家の頼みということなのでリオンに訊くことにした。すると、

「帝国が辺境伯領に攻め込んできた」

という言葉が返ってきたのだった。

「はぁ!? なら今、辺境伯領はどうなっているんだ！」

「詳しいことはわかっていないが、手紙の日付によると攻め込んできたのが一週間ほど前だから、すでに戦闘が始まっていると思う」

帝国軍の数はおよそ三万で、辺境伯家で急ぎ動員したのは一万五〇〇〇とのことだ。前に俺が基礎を作り、その後辺境伯家が強化した国境線の砦を中心に戦うので、城攻めに三倍の兵力が必要という説を信じるのならば数で負けていても何とかなりそうだが、魔法が存在するこの世界において三倍という数値はあてにならないし、何よりも帝国はまだまだ兵を増やすだろうとのことだった。

「それでリオンは、俺に参戦の依頼に来たのか？」

あまり行きたくはないが、このままだと王都にまで戦火が広がる可能性がある以上、辺境伯領に行くしかないだろう。そう思っていると、

「いや、テンマにはゴーレムを出してほしいんだ」

とのことだった。

「オオトリ殿、今回の戦争は『王国対帝国』だけではなく、『王国対反乱分子』も同時に起こる可能性があるのです。そうなった場合、敵は西からも攻めてきます」

サモンス侯爵は反乱を起こす者が現れるとすれば、それは王国の西側に領地を持つダラーム公爵だと確信しているようだ。もっとも、ダラーム公爵は改革派のトップであるし、これまでの動きを知っている者からすれば、賭けが成立しないくらいの大本命で間違いないだろう。

「まあ、もし動いたとしても、王妃様のご実家である北の公爵家と、北西の端にある公爵家が対応に当たると思われますが、戦争の混乱とダラーム公爵の動きによっては間に合わない可能性もあり

ます。その場合に備えて、オオトリ殿には反乱分子への牽制として王都に残っていてほしいのですよ。クーデターを成功させるには王族を根絶やしにするのが一番ですが、オオトリ殿ならば王城に攻め入れられる前に陛下たちの救出と、王都からの離脱が可能ですからな」

そう言ってサモンス侯爵は笑っていた。辺境伯領へは、サンガ公爵家とサモンス侯爵家を中心とした王族派で軍を編制して向かうそうだ。その為、一時的に王都とその周辺の王族派が減るので、いざという時にそれを補える戦力として俺が必要ということらしい。とはいえ、別に王城に滞在して警護に当たるというわけではなく、王都から大きく離れなければいいとのことだった。これは依頼というわけではないが俺の行動を制限するものなので、問題が解決してからになるが相応の謝礼が出るらしい。

「王都の防衛の為に辺境伯家が戦っているということなら、俺もできる限り協力させてもらう。少し待っていてくれ」

そう言ってリオンを待たせて、俺は自分の部屋と物置に使っている部屋に向かった。取りに行ったのは、

「リオン、これにゴーレムの核を五〇〇〇入れてある。持っていってくれ」

「そんなにいいのか！　だ、だけど、辺境伯家にはそれに見合う対価は出せないんだ……」

一瞬大きな声で驚いたリオンだったが、すぐに代金が用意できないと声がしぼんでいった。

「いや、これに関しては無料で貸し出す。それと、破損しても文句は言わない。ただし、戦争が終わった時に残ったゴーレムは、たとえ壊れた核であったとしても返却してくれ」

知り合いが巻き込まれている以上、ゴーレムの破損など大した問題ではない。むしろ、防衛の為

に全て使い倒しても構わないくらいだ。ただ、貸出という名目がある以上は、たとえ一体分の核のかけらであったとしても返却したという事実が必要だ。そうしないと、改革派の連中が口を出してきそうだし。

「それで、サンガ公爵家とサモンス侯爵家は、いつどのように動きますか？」

「まずは王都にいる王族派の当主やその代理が集まり簡単な打ち合わせをし、その間に各領地に伝令を飛ばして兵を集めておき、ハウスト辺境伯領に向かいながら各領地の兵と合流、その軍を途中で二つに分け、あとは砦の左右から押し返す形になると思われます」

うまくいけば敵の背後から襲いかかることができ、さらには砦の兵たちとで挟み撃ちも可能ということか……あくまでうまくいけばの話だけど。

「そもそも、敵はどうやって辺境伯領に侵入したのですか？」

「詳しくはまだわかっていませんが、おそらくは山越えをしたのだと思われます。それも、兵を何度も使い捨てるような形で」

辺境伯領と帝国の間にある山は険しすぎて、まともな考えを持つ者ならば山越えどころか登ろうとは思わない……といわれるくらいのものだ。ただ、この世界には魔法が存在するので、『浮遊』や『飛行』の魔法が使える兵が大量にいるのならば奇襲には有効な手段かもしれない。だが、そもそもそれだけの数の魔法が使える兵がいるのならば、山越えなどせずに直接砦を攻めた方が攻略できる可能性が高いのだ。それに何より、あの山には『ワイバーン』をはじめとする空を飛ぶ凶暴な魔物が数多く存在している。

そんな人にとって絶対的に不利といわれるような状況の山脈を、帝国軍が越えるには……

「道を作りつつ餌をばら撒き、魔物の腹が膨れて大人しくなった隙に山越えをしたということですか？」

「その可能性が高いでしょうな。もしそれが本当ならば、外道、非人道的な行いというところですが、戦争として見れば非常に有効な作戦と言えるでしょう。反吐が出ますが」

サモンス侯爵の言う通り、そんな反吐が出るような方法が考えられる。もしそれが本当ならば敵とはいえ実行させられた兵士には同情するし、実行させた上層部には怒りを覚えるくらいだ。

しかしながら今現在、後手に回って攻められているのは王国側なので、それらの感情はすぐに捨てなければならない。

「それと、リオン。これは我が家用に備蓄していた小麦粉だ。パン用のやつで五〇〇キロはあるはずだから、ついでに持っていってくれ。まあ、ないよりはましという程度の量だろうけどな」

五〇〇キログラムでいくつのパンができるのかはわからないが、少なくとも一万個くらいは超えるだろう。しかし、それでも数万からなる軍にとっては微々たるものなので、気持ちばかりの贈り物といったところだ。まあ、これに触発されて他の貴族からも食料の提供があればいいかなぁ……といった考えも、多少はあるけれども。

「五〇〇でも助かる！　じゃあ、俺はすぐにでも砦に向か……」

「待て、リオン！」

走り出そうとしたリオンを、アルバートが即座に体を張って止めた。

「何するんだアルバート！」

「何するんだ……ではないわ！　この脳筋！　お前は王都に残って、私やカインと一緒に後方支援だ！　テンマからの物資は、王都のハウスト辺境伯家から出陣する者の中で一番信用のおける者に預けておけ！」

アルバートの言葉の意味をいまいち理解していないようなリオンだったが、サモンス侯爵がアルバートの言う通りにしておけと言うとあっさりと頷いた。ただまあ、やはり意味は理解していないようだったけれども。

「それと、アルバート。これはサンガ公爵家とサモンス侯爵家の分のゴーレムの核だ。それぞれ三〇〇〇は入っているはずだから、いざという時は遠慮なく使ってくれ。条件はハウスト辺境伯家と同じでいい」

ハウスト辺境伯家に貸し出すゴーレム核を集めると同時に、他の二家の分も用意しておいたのだ。とりあえず目の前にいたアルバートに説明すると、アルバートだけでなく、リオンに王都に残る意味を教えようとしていたサモンス侯爵も驚いた顔で固まっていた。

「ああ、でも一つだけアルバートに注意することがあったな」

「それは何だ？」

神妙な顔つきで尋ねてくるアルバートに俺は、

「ネコババするなよ。これまでの行動からすると、お前が一番やりそうだからな」

そう真面目な顔で言うと、アルバートの否定の声とサモンス侯爵やリオンたちの笑い声が屋敷に響いた。ちなみに、その声を聴いてやってきたプリメラとアムールたちに説明すると、プリメラとアムールは声を揃えて「「確かに！」」と納得し、ジャンヌとアウラは小さく頷いて肯定していた。

なお、その次にネコババをしそうな人物を試しに訊いてみると、真っ先にサモンス侯爵から「それはうちのカインでしょうな」と名前が挙がったのだった。

「テンマ殿、三家に渡すゴーレムですが、全て私に預けてもらえませんか？」

一通り話が終わったところで、サモンス侯爵がそんなことを言いだした。確かに王都から出陣する関係者の中で一番地位が高く、道中の総大将となるのは間違いなくサモンス侯爵なので俺はそれでもいいと思うのだが、それだとサンガ公爵家とハウスト辺境伯家を蔑ろにしてしまわないかという疑問があった。実際に、リオンは気にしていないのか気がついていないのかはわからないが気配に変化はなかった。だが、アルバートは少し腹を立てている感じがした。

「正直に言うと、今の状況ではこの場にいるリオンとアルバート以外、その家人……サモンス家の者も含めてですが、私は完全に信用ができないのです。これは当主として失格ではあるのですが、いくら帝国が辺境伯家の想像を超える動きをしたからとはいえ、これほどまで完璧と言っていいくらいに裏をかけるものなのかという疑問があるのです」

「つまりサモンス侯爵様は、ハウスト辺境伯家の中、もしくは王族派の中に裏切り者がいると考えているのですか？」

「有り体に言えばそうです。もしアルバートやリオンがゴーレムの核を預けた者の近くにその裏切り者がいれば、その強力な武器は私たちに襲いかかることとなってしまいます」

ゴーレムの核のことは三家とも最重要機密扱いにするのだろうが、物が人から人の手に渡れば情報も漏れる可能性がわずかだがある。そこを狙われる可能性もあるし、何より重要なものを持っていると裏切り者に悟られれば、殺してでも奪おうとするかもしれない。

その点サモンス侯爵ならば、重要人物として襲われる可能性がある反面、そうならないように周囲を厳重に警戒し護衛が何人も付くので、サンガ公爵家やハウスト辺境伯家の家人よりは安全かもしれない。まあ、その裏をかいて家人に預けるという手もあるが……サンガ公爵やハウスト辺境伯と合流した後のことを考えると、サモンス侯爵が持っていた方が色々と都合がいいのは確かだ。

「それに、テンマ殿の支援物資の食料を渡す際に目録でも作って皆の前で報告し、その後でトップ会合だなどと言えば三人だけになる機会も作ることができるので、その時にこっそりと渡せば切り札の正体をギリギリまで隠すことができるかもしれません」

と言うサモンス侯爵の言葉に、アルバートは渋々といった感じで納得しかけていたが、一つだけその作戦には大きな落とし穴があった。それを指摘したのは、

「サモンス侯爵様。失礼を承知でお訊きしますが、サモンス侯爵様がその裏切者ではないという証拠はございますか？」

プリメラだった。かなり……というか、サモンス侯爵を貶したと見なされて無礼討ちされてもおかしくない発言だった。まあ、実際にはオオトリ家とサンガ公爵家が謝罪と賠償金を払って手打ちといったところになるだろうが、一歩間違えれば争いに発展するくらいの危険な状況だ。

「侯爵様。妻が申し訳ありません」

「本当に申し訳ありませんでした。後ほど、サンガ公爵家からも正式な謝罪を行わせていただきたいと思います」

俺とアルバートは、すぐにサモンス侯爵に頭を下げて謝罪した。その間プリメラは、ずっと頭を下げたままだった。

「いやいや、オオトリ家の夫人としてもサンガ公爵家の血族としても、その心配はごもっともとしか言いようがありません。何せ私が本当に裏切り者だった場合、一万を超えるゴーレムを使ってサンガ公爵軍とハウスト辺境伯軍に奇襲をかけて滅ぼすことも可能な状況となるわけですから。むしろ、そこはテンマ殿かアルバートが指摘しなければならないところでしょう。まあ、テンマ殿はその可能性に気がついていて、なおかつ報復方法くらいまでは考えていそうでしたけど……アルバートは見事に言いくるめられていましたからな」

こんな状況でいたずらしないでくれとは思うが、対応しなかった俺とアルバートが全面的に悪いだろう。なお、リオンは完全に論外判定だと思われる。

「まあ、私が裏切り者ではないというのは信じてもらう以外に方法はありませんが、秘密裏に核を配るのならば有効な手段の一つであることは間違いありません。それを踏まえた上で、どうしますか？」

「サモンス侯爵様にお預けいたします」

独断で即座に預けることにし、核の入った袋を三つサモンス侯爵に預けた。アルバートは少し迷っていたようだが、そもそもゴーレムの核は俺の所有物なので何も言わずに頷いていた。

「大切に保管させていただきます……ところで、私が本当に裏切り者で公爵軍と辺境伯軍に襲いかかっていたら、どんな報復をするつもりでした？」

と、サモンス侯爵は少し怯えた感じで訊いてきたので、

「まずは王族の安全を確保し、その後でカインたちを捕縛してからサモンス侯爵領に飛んでいき、大きな街から順に『テンペスト』などで領民ごと破壊します。その後は後回しにしていた目に付く

中小規模の村や街も破壊して、最後に侯爵軍を壊滅させに行きます」

考えていた万が一の時の計画を話すと、サモンス侯爵だけでなくアルバートにリオン、プリメラやジャンヌにアウラまで顔色を悪くしていた。ちなみに、じいちゃんは「それくらいは当然じゃろうな」と言い、アムールは「まあ、仕方がないよね」と納得していた。

「……うん、まあ、絶対裏切らないから、もし失敗してしまったとしても領民だけは見逃してくださいね。本当に……」

実際に裏切られたとしたら、まずは王様たちに相談してどうしたらいいのかを訊いてから動くと思うから、「目に付く者は侯爵軍や侯爵領の領民関係なく皆殺しだ！」……みたいなことにはならないはずだ。多分……

「リオン、アルバート、この後は王城で陛下にご挨拶と軍の編制の許可をいただくことになる。それから各屋敷に戻り軍の編制の手続きと他の当主たちとの打ち合わせをし、それが済んだら陛下に出陣のご挨拶だ。他にも色々とやることはあるから、慣れないうちは大変だろうが頑張りなさい」

武器と食料の手配に、王都に残る者と戦場に向かう者の名簿の作成。他にも領地への連絡などやることは多く、こういった仕事に比較的慣れているはずのサモンス侯爵ですら大変らしいので、経験が浅いアルバートとリオンは寝る暇もないだろうとのことだった。

これから地獄を見ることになりそうな二人は、肩を落としながらも力なく俺にゴーレムの核の礼を言うと、サモンス侯爵に背中を押されながら屋敷を去っていった。二人が最初よりも少し老けて見えたのは、決して俺の見間違いではないだろう。

「帰ってきて早々に大変なことになったたな」

「ええ……でも、旅行中に巻き込まれなかっただけ良かったのではないですか？」

確かにプリメラの言う通りだった。もしリンドウに滞在している時に帝国が攻め込んできていたら、そのまま旅行を中断して王都に引き返すか万が一に備えてサンガ公爵邸に滞在延期。最悪の場合はハウスト辺境伯領まで足を延ばすこともあり得たかもしれない。

「それはそうだけど、いくら旧知の間柄のサモンス侯爵だからって、あの発言は危なかったぞ」

「それはわかっていたのですけど、あまりにも兄様が不甲斐なかったのでつい……兄様の不手際のせいで、お母様たちやお義姉様が巻き込まれるのは見過ごせませんから」

サンガ公爵はいいのかと訊くと、「兄様の責任はお父様の責任でもありますので」と返ってきた。サンガ公爵も巻き込まれたらかわいそうだと思ったが、アルバートを公爵家の跡取りとしたのはサンガ公爵であり、その跡取りのミスはサンガ公爵の教育に間違いがあったという判断とのことだ。

「まあ、サンガ公爵家に関しては今のところゴーレムを貸し出す以外に手伝うことはないし、何かあればアルバートが来るだろうからそれまでは静観という感じでいいか。問題は本当に改革派が攻め込んできた場合だな。辺境伯家に食料の支援をしたという話はすぐに広まるだろうから、王様たちを救出しなくても改革派はオオトリ家を敵だと認識して攻撃してくるだろうし、念の為屋敷の警備をもう一段階上げておくか……」

庭の空いているスペースに、追加でゴーレムを配置しようかと本気で考えていると、じいちゃんが「それでは逆にゴーレムが動きにくくなるじゃろう」と言うのでゴーレムの配置は諦めて、その分の核をそれぞれで持っておくことにした。

「それじゃあ、本当に改革派が裏切るとしたらいつ襲われてもおかしくないわけだから、外に出る時は周囲の警戒を怠らずに、決して単独で行動しないこと。そして、何かあればゴーレムを出すこと。可能なら、逃走が第一だと心がけること。以上！」

本当に裏切るのか？　そしていつ襲ってくるのか？　といったことが不明なのに、ずっと屋敷に引き籠もってばかりというわけにはいかないので、いつもと同じ注意事項ではあるが改めて徹底するようにして、この話は終わることにした。

「そろそろ夕食だけど、色々あったせいでまだ食べなくてもいいって感じだな」

「私もです。それに、気が緩んだら何だか疲れが出てきました」

いつもなら夕食の時間だが、皆に訊いたところ腹ペコなのはじいちゃんとアムールだけらしいので、二人の食事は俺が準備することにして、疲れているというプリメラとジャンヌとアウラは先に風呂に入らせることにした。

俺が食事を準備すると言うとジャンヌとアウラが遠慮しようとしたが、あの二人の場合はある程度うまくて腹が膨れるのなら特に文句は言わないので、準備は簡単だからと言ってプリメラに二人を風呂に連れていくように頼んだ。

「それで、無理やりジャンヌたちを風呂に追いやった理由は何かのう？」

さすがにわざとらしかったのか、じいちゃんもアムールも俺が二人に話があって追い出したと確信していたようだ。

「正直、あの二人がいてもいいことなんだけど、なるべく秘密にした方がいい話をしようかと思ってね」

「うむ、秘密の話は人が少ない時にするのが鉄則！　それに、ジャンヌはともかく、アウラはどこかで秘密を漏らす！　……可能性が高い」

アムールは少し考えて言葉を足したが、ほとんどフォローになっていなかった。まあ、俺も追い出したのにはそういう考えもあってのことだが、それ以外にも今からする話の内容の重圧に耐えきれないかもしれないとも考えてからだ。

「もし改革派が裏切った場合、それは王都でクーデターから始まる可能性が高いと思う。そうなると、王都のあちこちで戦闘が起きるはずだ。その混乱の中で本命の王城を攻めるだろうけど、城内の勢力によっては王様たちの全員を助けることができないかもしれない。最悪の場合は誰か……もしくは全員を見捨てるということもあり得ると思う」

ギリギリの状況になるまでは助ける為の行動をし続けるつもりだが、すでに手遅れだったり同時に助けることができなかったりということも考えられる。そんな状況で無理をすれば、すでに保護した人や自分の命を危険に晒してしまうかもしれない。助けに行って共倒れになったら、それこそ全てが水の泡となるのだ。

「それと街中で戦闘が起こった場合、うちの屋敷に逃げ込もうとしてくる住民が絶対に出るはずだ。それがククリ村の人たちやケリーたちといった、我が家と直接付き合いのある人なら保護するけど、それ以外は駄目だ。敵と見分けがつかない以上、危険は冒せない。それに、うちが普通の家より広いといっても、防衛のことも考えたらせいぜい二～三〇〇人、詰め込んでもいいとこ五〇〇人が限界だと思う。申し訳ないけど、助けることのできる人数が限られている以上、人の命に優先順位をつけさせてもらう」

乱戦になればなるほど全ての命を助けることなど不可能だし、余裕のない状況で見知らぬ他人を助けた為に知り合いを死なせてしまうという状況だけは避けたい。

「可能性の低い話になるじゃろうが、最悪の状況は想定しておかねばならぬか……アレックスたちを助けておいて、他は助けぬとなったら批判が集まるじゃろうが、わしらが死んでは元も子もないからのう。それとその万が一の場合の対応については、一度アレックスたちにも話しておいた方がいいじゃろうな。簡単な打ち合わせをするだけでも、いざという時の生存率が上がるからのう」

「その時はじいちゃんからも説明をお願いね。それでアムールにも頼みがあるんだけど、その万が一の時の逃げ場所を確保しておきたい」

「わかった、レニタンかラニタン経由で南部に知らせておく。多分、そろそろ南部に帰る前に一度顔を見せに来ると思うから」

南部まで逃げることができたら、反乱軍に反撃することも可能だろう。まあ、南部に主導権を握られることになるだろうけど、それはハナさんや王様たちの問題であって俺には関係がない。皆の安全が確保できるのならどこでもいいし、そうなれば俺は安心して戦うことができる。

「しかし仮に五〇〇人を保護したとして、その状態でどうやって南部まで逃げるつもりじゃ？」

「ディメンションバッグをフル活用する。ディメンションバッグの中に入っているものは必要なものだけマジックバッグに詰め込み、残りは破棄することでスペースを作って、そこにギチギチになるだろうけどできる限り入ってもらう。もし全員が入らない場合は、俺たちと一緒に走って逃げてもらう。まあ、ディメンションバッグは数があるから、五〇〇人くらいなら大丈夫だと思うけどね」

空きができたらその分だけ助ければいいのかもしれないが、やはり誰が敵なのかわからないので無理だろう。

「それでは話はこのあたりで切り上げて、そろそろ夕食でも作ってもらおうかのう？」

「うむ、じゃないとジャンヌたちが怪しむ」

二人がそう言うので、マジックバッグに保存していた作り置きの牛丼を出した。すると、いつの間にかじいちゃんとアムールの横にシロウマルとソロモンも並んだので、二匹には特別な牛丼（玉ねぎ抜きでゆで野菜追加）を出したのだが、少しばかり不評だったようだ。まあ、お代わりしていたことから口に合わなかったわけではないようだけど。

じいちゃんたちがお代わりしている間に風呂から戻ってきたプリメラたちには、同じく作り置きしていたスープを使ったおじやを出して俺と一緒に食べたが、食べ終わった後でプリメラは風邪を引いたかもしれないと言って早々に自室に戻っていった。

「テンマは寂しく一人で寝るのか……残念じゃったな」

「いや、別に毎日一緒に寝ているわけじゃないからね。それに、今日はちょっと試したいこともあるし」

結婚してからはなるべく一緒の時間に寝るようにはしているが、今日のようにやりたいことがある時は別々に寝ることも珍しくはない。

「からかわれるのも慣れてきたようじゃな……面白くないのう。それで、何をするつもりなんじゃ？」

「少し性能のいいゴーレムを量産できないか試してみようと思ってね。よくよく考えたら、リオンたちに渡したゴーレムは、部屋の中だとあまり役に立たないし」

渡したゴーレムの核は、魔力を込めて地面に置けば勝手に周囲の土や石などで体を作り出すのだが、体の基になるものがない室内や、固まらないもの（泥や砂、水など）の上だと全く戦力にならないことがあるのを思い出したのだ。

「そのことはすぐにでも侯爵たちに伝えないとまずいのう。それで、そのような状況でも使えるゴーレムには、ジャンヌとアウラのサソリ型のような核に収納機能を付けたものにするつもりなのか？」

「いや、それをすると手間がかかりすぎて量産は難しいだろうから、騎士型ゴーレムみたいに核を最初から体に埋め込むタイプにするつもり」

今考えているのは、金属でできたマネキンのようなゴーレムを作り、そのゴーレムに鎧を装着させるという方法だ。イメージはゲームに出てくるようなリビングアーマーで、マネキンの中を空洞にすることで軽量化を図り、鎧で防御力を上げようと考えているのだ。想像通りのものができれば、プリメラにプレゼントした騎士型ゴーレムに近いものができるだろう。ただ、核は一個で作るつもりなので、性能は全体的に劣るものになるはずだ。

「ふむ、普通のゴーレムが使えない場所での足止め役というわけか。それの量産型となれば、とがった性能よりはバランスの取れたものの方が使いやすいかもしれぬな」

じいちゃんも俺の考えに賛同した（といっても手伝ってくれるわけではない）ので、夜通しで試作品を作り上げてみた。要はライデンや騎士型ゴーレムの簡易版なので、試作品くらいならすぐにできたのだが……作ってみて、いくつかの性能外の弱点が発覚した。それは、

「思ったより場所を取るな。それに、意外と金がかかる……」

マネキン自体は、人型のプラモデルを思い出しながら錬金術と魔法を使えば割と簡単にできたの

だが、マネキンの素材は強度の関係上、魔鉄以上のものを使わないといけないし、マネキンに装備させる防具や武器もサイズの合うものを用意しなければならない。そして何よりも、最低でも鎧分の場所を必要としてしまうのだ。

今は試作品の一体だけなのでそこまでではないが、これを量産したらディメンションバッグやマジックバッグの容量を圧迫してしまうだろう。

「騎士型ゴーレムの半分以下の大きさだけど、性能は一〇分の一以下ってところか……この量産型って、作る意味があるんだろうか？」

これなら少し時間をかけて、騎士型ゴーレムに近い性能のものを数体作った方がいいのではないかと本気で考えたが、それはそれで素材が足りないから無理だということに気がついてしまい、量産型をどうするかものすごく悩んだのだった。

第七幕

「ディンさん、この量産型どう思いますか？」

「あ〜……何というか、中途半端だな。これなら普通のゴーレムをいつでも動ける状態にしたままで、バッグの中に入れておいた方が役に立ちそうだ。もしくは鎧をつけずに身軽にして、相手を邪魔することだけを目的とした捨て駒にするかだ」

量産型の製作から数日後。珍しく一人で我が家へやってきたディンさんに、出来上がったゴーレムのことを相談してみた。

ディンさんはゴーレムに関して専門外ではあるが戦闘と部隊運用のプロだけあって、量産型の使い道の一例をすぐに挙げた。ちなみに量産型一号はディンさんに性能を確かめてもらった結果、勢いのついた袈裟(けさ)切りを食らって鎧ごと真っ二つになってしまった。

「捨て駒ゴーレムもいいけど、バッグの容量のことを考えるとある程度の強さが欲しいな……量産型は要研究ということで、それまでは普通のゴーレムをいつでも動けるようにして待機させるか。ゴーレム用のバッグを用意しないと」

「用意しないと……で用意できるものではないんだけどな、普通は」

ここ最近はマジックバッグやディメンションバッグを作っていなかったが、汚れが目立ってきたりサモンス侯爵たちに貸したりして数が少し減ったので、新しいバッグのついでにゴーレム専用のバッグも作ろうと決めた。

「ところで、ディンさんの目的は何ですか？」

ほとんどマリア様や王様の護衛でしか来ないディンさんが、たった一人で来るのは違和感しかなかった。まあ、気まぐれで遊びに来たという可能性もなきにしもあらずだろうが、遊びに来るだけが目的ならば、一人ではなくアイナと一緒に来るだろう。

「まあ、何だ……ちょっとした確認に来ただけだ。テンマ、サンガ公爵家とサモンス侯爵家とハウスト辺境伯家にゴーレムを渡したな」

「何のことでしょうか？」

「三家が揃ってオオトリ家を訪問したそうだから、それを危険視する輩がいてな。三家だけではなく、王都の防衛の為にオオトリ家の持つゴーレムを徴収するべきだと改革派が騒いでいるのだ。それで面倒ではあるが、テンマと親しくてそれなりの地位を持つ俺が話を聞いてくることになってな」

ディンさんは、いかに改革派が面倒臭い存在なのかを話し始めた。それは俺も嫌というほど知っているので話を止めようと思ったが、ディンさんはストレス発散のつもりなのか、俺が止めても改革派の悪口をやめなかった。

「仮に……仮の話ですけど、俺が親しい人にゴーレムを貸したとして、何故それを理由に俺の持つ財産が徴収されないといけないのですか？」

「それは確かにそうだが……あえて言うなら三家が王国を裏切った場合に備える為だな」

「馬鹿馬鹿しい話ですね。国防の緊急事態に味方であるはずの……しかも、前線に身を置いて国を守ろうとする人たちを疑うなんて……そんなにサンガ公爵たちが信じられないのなら、騒いでいる奴らが前線に立てばいいのに」

非常に残念なことだと演技をしながら言うと、ディンさんも大げさに頷いていた。

「ディンさん、俺は家庭を持ったばかりなのであまり王都を離れることはできませんが、王都に危険が迫れば喜んで力を貸すと王様に伝えてください」

「わかった。テンマの気持ちは陛下に伝えよう。ついでに、騒ぐならまずは自分たちが前線に立って戦えと言っていたとも」

俺を使って改革派に釘を刺すつもりのようで、正直言えば迷惑ではある。だが、先に喧嘩を売ってきたのはあちらだし、これを拒否しなかった場合、オオトリ家を前例として国民からの搾取を許してしまう可能性がある。

「さすがに貴族と国民の間に大きな溝ができてしまうと、帝国が攻め込む前に国が滅びかねませんからね」

「話を持ってきた俺が言うのも何だが……テンマの場合だと、被害者というよりは加害者の悪人っぽい雰囲気だな」

「悪人ってそんな……俺はただ、王様を見習っただけですよ。厄介事を自分で片付けずに、俺に回そうとしているんですから」

政治的な問題を俺に押しつけている時点で、嫌味の一つや二つくらいは言われても仕方がないだろう。まあ、俺が文句を言いに行く前にマリア様に絞られていそうな気もするが……そうなっていても、遠慮せずに文句は言おう。多分、この状態で俺が文句を言いに行くまでが王様の計画だろう。もしかすると、シーザー様のかもしれないが……とりあえずいつものように、俺と王家は仲が良くてある意味対等なのだとアピールすればいいだろう。

「それじゃあ、俺は『お土産』の準備もありますので、都合のいい日に呼んでくださいと王様に伝えてください」

「了解した。それはマリア様に伝えよう。その方が何かとやりやすいだろうからな」

そう言ってディンさんは、楽しそうに帰っていった。

それから一週間後……

「お土産作戦は成功したかな？」

「改革派がどこまで深読みするかはわからぬが、牽制程度にはなったじゃろうな」

俺とじいちゃんは王様に呼ばれて、王城に遊びに行った。その際、ライデンに引かせた馬車にオオトリ家の旗を目立つように掲げながら向かったので、王城に近づいただけで改革派に連絡が行ったはずだ。それに遊びに行ったとはいえ、正式な手順を踏んで王様に面会できるようにしたので、その目的は王城にいる全員が知っていただろう。

「それに、マスタング子爵にもお土産を渡したから、すごく混乱しているかもしれないね」

王城に入ったところで、偶然来ていたマスタング子爵に会った俺は、これまた偶然持っていたお土産を皆の見ている前で渡したのだ。ちなみに、このお土産はジャンヌの用意したもので、以前ジャンヌの父親の話をしてもらった時のお礼として、旅行の最中に買い集めたもの（お菓子やお酒といったもの）らしい。

「これでアレックスたちがオオトリ家や中立派と組んでおり、さらには改革派を怪しんでいると思われればそう簡単には動かんじゃろう。もっとも、その分なりふり構わずに行動を起こすという恐れはあるがのう」

「それでも、今回のお土産がうまくいけば時間は稼げるはずだよ。それに、元から改革派は怪しかったからね。行動を起こしたとしたらそれは予定通りの動きということで、王様たちもクーデターを起こすという前提で警戒しているみたいだしね。改革派に目を付けられている以上は、今日のお土産でできた時間を使って、本当のお土産を作るだけだよ」

今日持ってきたお土産とは、大量の傷薬と大量のお菓子の詰め合わせだ。傷薬は人の目がある所で渡し、どのように使ってほしいかの希望を伝えたのだが、お菓子に関しては傷薬と一緒に黙って渡したので、中身を知らない人からすれば傷薬の一部かそれ以外のものに見えるだろう。

「まさか改革派も、傷薬と一緒に渡されたのがお菓子とは思わんじゃろうな。おそらくは、ゴーレムだと思うじゃろう。何せ、自分たちがオオトリ家に対してゴーレムを奪うような提案をして却下された後で、テンマ自らアレックスに土産を持ってきたんじゃからのう。しかも、一部の土産は中身が不明ときておる」

傷薬は前に時間をかけて作った効果の高いものの他に、呼ばれるまでの間に大量生産した一般的な効果のものを渡した。効果の高いものは王様たちへのプレゼントだが、一般的な効果のものは一部を王城で保管し、残りの大半をオオトリ家からの正式な支援物資という形で戦場に送ってもらうのだ。

お菓子に関しても、自分たちへの意趣返しに王様たちにのみゴーレムを渡したと勝手に勘違いするだろうから、本物を用意するまでの時間稼ぎくらいにはなるだろう。

そしておまけに、色々と目立つ存在ではあるが（一応）平民であるオオトリ家がわかりやすく王国に対して支援をしたことで、それまで支援を渋っていた（もしくはケチっていた）貴族は、このままだと平民より見劣りのする支援しかしなかったという悪評が立つ危険性が出てきたのだ。

その危険性に真っ先に気がついたのはマスタング子爵で、すぐに追加で支援すると王様に明言した。マスタング子爵は別に支援をケチったわけではないそうだが、一番に出した方が色々とうま味があると判断したらしい。

マスタング子爵の発言によりその場にいた中立派と王族派の貴族はすぐに追加の支援を決め、それに圧力をかけられる形で改革派も渋々ながら追加支援を決めていた。これで少しは改革派の力を削ぐことができるだろう。しかもマスタング子爵はそれだけでなく、追加の支援を決めた知り合いに対し、わざとオオトリ家には負けられないという発言を様々なところでしたらしく、そのおかげで一般の間でもその話はすぐに広まり、その場にいなかった貴族たちも知らなかったでは済まされなくなったことで続々と支援の話が王様の所に来たそうだ。ちなみに、俺の渡したい方の傷薬は、『消毒・解毒・止血・治癒力向上・体力回復』などの効果があるが、一般的な方は『消毒・解毒・止血』のみで、その効果もいい方の傷薬の半分以下になる。まあ、応急処置の薬として考えれば悪くはないし、何より比較的簡単に作れるので数を用意しやすい。ついでに言うと、お菓子の方は焼き菓子ばかりで保存しやすく、ナッツやドライフルーツを使っており栄養価も高いので、籠城の際の非常食にもなる。その時まで残っていればの話だが。

「それにしても、マスタング子爵もやり方がうまいのう。テンマがジャンヌのお土産を渡してきた事実を利用するつもりじゃろうな。アレックスたちよりも先に土産を渡され、テンマに続いて追加支援を決めたとなれば、噂しか知らぬ者からしたらオオトリ家とマスタング子爵家は懇意な間柄と見るじゃろうし、今回の戦争で勝利すれば、戦場に向かっていない貴族の中では確実に上位の功績を得るのは間違いないじゃろうな」

戦争なので負ければ全てを失うかもしれないが、勝てば投資以上の見返りが期待できる。それくらい、一番に行動したというのはわかりやすくて評価されやすい。たとえそれがオオトリ家に次いでの話でも、貴族の中で一番だったら意味があるのだ。実際に、マスタング子爵が動いたから他の貴族も動いたという感じで記録には残るだろう。

「でもまあ、中立派の貴族で追加支援を決めたところは、何かあった場合に王族派に付くことが決まったようなものだしね。もしこれで改革派のクーデターが成功した場合、敵対行動とも言える動きをしたところが優遇されることはないはずだからね」

改革派に長期的な懐柔策をとられた場合はどうなるかわからないけど、今の状況だと短期的な行動でしかクーデターは起こせそうにないから、そう簡単に寝返る中立派はいないはずだ。

「それじゃあ、帰ったらさっそく真のお土産づくりに取りかかろうか。もちろん、じいちゃんにも手伝ってもらうからね」

「わしにやれることは少ないじゃろうが、オオトリ家の為に頑張るとするかのう」

屋敷に戻った俺とじいちゃんは、帰って早々にお土産作りに励むのだった。まあ、作りたい形のイメージははっきりしていたので、試作品は一日一個のペースで三種類も作ることができた。

「テンマ、ラニタンが……って、また人形が増えた」

製作から三日目。三つ目の試作品ができたので休憩していると、アムールがラニさんの来訪を知らせに来た。おそらく、先週頼んでいたことの報告だろう。

「人形じゃなくてゴーレムな。それと、このゴーレムはラニさんにも秘密だぞ」

ラニさん……南部子爵家は王族派と言っていいとは思うけど、王様たちの盾となるゴーレムの情報はできる限り秘密にしておく必要がある。

「わかった」

アムールとしても、王都でクーデターがあった場合でも南部は一番被害が少ないと見ているらしく、それならば勝った時のことを考えると、マリア様たちの機嫌は損ねない方がいいと言っていたくらいなので、ラニさんにゴーレムの情報を漏らすようなことはしないだろう。

「すみません、お待たせしました」

「いえいえ、急に来たのはこちらですから、構いません。それで、テンマさん発案の仕掛けですが……今のところうまくいっています。いきすぎているくらいです」

俺がラニさんに頼んだのは、改革派の領地……特にダラーム公爵の領地から物資を購入しまくるというものだ。まあ、ラニさん率いる南部の行商人たちが直接買いまくるとすぐに警戒されるので、ジェイ商会のジェイマンにも協力を要請して間に入ってもらい、ダラーム公爵領以外にも拠点となる仮店舗を作って武器や食料を買い集めてもらったのだ。

新規に商売を始める為という理由で手広く少々強引に商品を集めてもらったが、店舗のある町に税金はちゃんと納めているし、税金とは別にその町の役人に賄賂を渡して見逃すように話をつけた。強引に商品を集めている表向きの理由としては、帝国との戦争で物価が上がるのを見越して成り上る為ということにしているらしい。

役人には十分すぎるほどの金を握らせたので、こちらの思惑通り武器や食料の買い集めの情報を握り潰したようで、今のところは順調にいっているとのことだ。ただ、中には賄賂を受け取りながらも怪しんでいる役人や、改革派がクーデターを起こすときに徴収すればいいと考えている役人もいるはずなので、店舗に残すのは品質の悪い武器や防具、それに日持ちのしない食料に宝飾品とし、使えるものはラニさんたちとジェイ商会が、オオトリ家や南部や辺境伯領などに運んでいった。

店舗で集める以外にも、ラニさんたちは農家や中小規模の村や町を回って、直接食料を集めてもらっている。こちらは店舗ほどの量は集まらないものの、店舗のように役人に目を付けられる心配が少ないのでやりやすいそうだ。

「装飾品はハウスト辺境伯たちに代金として用意してもらえばいいし、品質の悪いのや日持ちのしないものでも販売すれば店舗の実績となるから多少の目くらましになる。長期的に見れば問題だらけでも、短期的に見ればそれほど悪い方法ではないみたいだな。バレそうになったら夜逃げすればいいいし、最悪でも撤退までにこちらが改革派と戦う為に使う食料や武器の備蓄を増やせればいいんだし」

その過程で、改革派の行動を鈍らせることができれば大成功という感じだ。

南部としても依頼料の代わりに武器や食料を得て、ジェイ商会は辺境伯領にいる王族派に恩を売ることができ、他にも破棄することになるかもしれないが店舗の売り上げやダミーに使う商品の権利を渡している。オオトリ家は初期の費用や途中で不足した分の金銭を出しているが、割り当て分の食料や武具があるので大きな損にはなっていないし、このまま増えればほとんど回収できそうである。それに、辺境伯領の王族派に恩を売り、なおかつ安全を高める為の出費だと考えれば現時点でもプラスであるとも思える。

「ただ、下手をすると王族派からも警戒されるかもしれないから、オオトリ家の利益はマイナスでも構わない。むしろ、大きく儲けそうならその分を辺境伯領に持っていっても構わないから、そのつもりでお願いします」

この作戦におけるオオトリ家の収益については俺よりもラニさんやジェイ商会の方が詳しいと思うし、実際にオオトリ家に割り当て分を持ってきているのもラニさんやジェイ商会なので、そちらにコントロールしてもらった方が確実だろう。

「了解しました。ジェイ商会とも相談して、オオトリ家の収益をコントロールします」

そう言うとラニさんは今回の割り当て分を置いたのち、オオトリ家を後にした。この後は辺境伯領の担当に商品を渡して、ダラーム公爵領の方に戻るとのことだった。

「さてと……材料も増えたし、どれを王様たちのお土産にするかを選んで量産態勢に入るとするか」

真のお土産として量産する予定のものは、アムールにも言った通りゴーレムだ。今回作った三種類の試作品に共通させた役割は、建物内で敵の邪魔をして足止めするというものだ。

まず初日に作ったのは、ディンさんに試してもらった量産型より少し小さく（一五〇センチメートルくらい）して、鎧を装着させずに体を鉄で作ったマネキンのようなゴーレムだ。

続いて二日目に作ったのは、初日よりもさらに小さくした（一〇〇センチメートルくらい）ゴーレムで、全体が小さくなった分手足も短くなり、全体が四角いので収納スペースも初日のものの半分以下になっている。

そして今日出来上がったのが、二日目とほぼ同じ大きさの四つ足のゴーレムだ。四つ足になった分機動力が上がったので、敵に突進させて怯（ひる）ませたり、怪我して動けない時の足代わりにならないかと考えたのだ。この四つ足も、二日目のものと同じくらいの収納スペースで済む。

「ふむ……初日に作ったゴーレムはディンに壊されたものと大差がないように思えるのう。そうなると二日目と三日目のものじゃが……似ておるのは大きさだけで、方向性が大きく違うから比較しにくいのう」

俺もじいちゃんと同じ意見で、二日目か三日目のゴーレムがいいだろうと思ったが、どちらにするか迷っていた。

「こうなると、動かしてみて決めるしかないね」

両方作ってもいいが、そうすると数や性能が中途半端になるかもしれない。なので実際に動かしてみて、どちらの方が使いやすいか決めることにした。


「それじゃあ、スタートとゴールが俺の部屋の前で、階段を下りて玄関前で折り返し、そのまま階段を上がるコースでいいね。じいちゃんがスタート地点、ジャンヌが階段の上でプリメラが階段下、アウラが折り返し地点でゴーレムを観察。俺は四つ足と並走でアムールは二足と並走でよろしく」

他にも、念の為シロウマルとソロモンは屋敷の周りで誰かが監視していないかの警戒で、スラリンはシロウマルたちの仕事の監督と実験中に客が来た場合の対応を頼んだ。それと、ジャンヌたちにはもしも二体のゴーレムが突っ込んだ時の為に、普段使用しているゴーレムを壁代わりにするよう指示した。これで確実に安全だとは言えないが、試作品の大きさと重さからして、勢いがついていたとしても普通のゴーレムを破壊するほどの威力は出ないだろう。

「各自位置についたようじゃな。それでは、スタートじゃ！」

じいちゃんの合図で、二体のゴーレムが同時に走り出した。ただ、思った通り四つ足の方が足は速く、見る見るうちに二足との差が開きだした。だが、

「二足よりは速いけど、思ったほどじゃないな」

四つ足の速度は大人の駆け足より少し早いくらいで、俺が想定していたよりもかなり遅かった。それに対し二足は人が歩くよりも少し早い程度であり、四つ足の半分くらいの速度だった。

「まあ、調整次第でもう少し速くできるだろう。次は階段だな」

目の前に迫った階段とジャンヌに目をやり、どういう感じで階段を下りるのかと期待したところ、

「「あっ！」」

四つ足は階段の方に曲がることができず、ジャンヌの盾として置いてあったゴーレムにぶつかった。そしてそのまま階段を転がり落ち、階段の中腹で足がもげた状態で壊れてしまった。

「テンマ、二足が行った！」

四つ足から遅れること数秒後、あっけにとられている間に今度は二足が階段にやってきた。

「よし、まがっ……あっ……」

四つ足の悲劇を見ていたせいか、アムールは自分が担当する二足が無事に階段の方へ曲がったのを見て、一瞬喜びの声を上げようとした……が、そのすぐ後で二足が階段を踏み外して転がるのを見て絶句した。まあ、絶句したのは俺とジャンヌ、それに階段の下から見守っていたプリメラもだけど。

「二つとも失敗……いや、違う！」

階段を転げ落ちて四つ足のように再起不能になったと思われた二足は、転がって落ちた際に階段

の欄干に派手にぶつかったものの、大きく壊れた欄干と比べると大したダメージを受けた様子もなくそのまま立ち上がり、残り半分となった階段を下りていった。まあ、またもや最初の一歩目で足を踏み外して下まで転がり落ちたけれども……それでも動きを止めることなくアウラのいる折り返し地点を回り、階段を這うようにして上ってきた。そして、

「二足、ゴールじゃ！」

最初よりも速度が落ちていたものの二度の転落を乗り越え、無事とは言えないが何とかゴールにたどり着いたのだった。

「さて、勝ったのは二足だけど、二足にも欠点があることがわかった。四つ足の欠点と合わせて、改良すべき点を出してもらいたい。まずは四つ足から」

ゴールしたのは二足なので、このまま二足を量産すればいいという気がするが、改良するべきところが多いので、皆が感じたところを指摘してもらうことにした。

「動きがきもい」

「思ったより速くなかったのう」

「直進はできるけど、急カーブが曲がれないみたい」

「倒れたら立ち上がれないみたいです」

「私の所からは何も見えませんでした！」

順に、アムール、じいちゃん、ジャンヌ、プリメラ、アウラだ。

アムールの言う『きもい』とは、長方形の箱のような体に犬のような足で走る四つ足の動きが嫌

だそうだ。

じいちゃんとジャンヌの意見は俺と同じで、この四つ足の一番の問題点だ。そして、新たな欠点として、立ち上がれないというものがプリメラから出た。

立ち上がれないみたい……というのは、プリメラからは四つ足が倒れているところがギリギリ見える場所だったので、確実とは言えないからとのことだった。

「二足が落ちてくるちょっと前でしたけど、四つ足の足が空をかいているような動きをしていました。ただ、もしかすると単に落ちた衝撃で壊れて、足が動き続けていただけかもしれませんけど」

どちらにしろ、新しく出た欠点だと思った。立ち上がれないのだとしても、倒れたのに起き上がらないで足を動かし続けたのだとしても、こけたらそれで終わりということだ。

「それで、二足の方は？」

「遅いけどがんばった！」

「そうじゃな。遅い」

「やっぱりカーブが苦手みたい」

「体のバランスが悪くて、階段を下りることができないみたいです」

「手足が短くて不格好です」

アウラの指摘に、二足贔屓のアムールが嚙みつこうとしたが、

「ああ、それで階段を転がり落ちたのか」

俺には一番重要な欠点に思えた。正確にはプリメラの指摘した欠点と合わせて、『手足が短いせいで階段を下りることができない』だが。

「手足が短いせいで、階段を下りようとすると簡単にバランスを崩してしまう。ただ、四つ足より手足が太いおかげで、階段を転がり落ちても動くことができたというわけだな」

「ふむ、なるほどのう……そうなると、四つ足よりも二足の欠点の方が修正しやすいかもしれぬのう」

二体とも階段が苦手という欠点があるが、落ちて動けない四つ足よりも動ける二足の方が使える。それに、

「逆にその欠点を利用して、階段から転がり落ちる戦法が使えそうじゃない？」

小型とはいえ重量のあるゴーレムが上から転がり落ちてくれば、それだけでも大ダメージが期待できるのに、さらに転がり落ちた先で暴れ回ることができれば、敵としてはたまったものではないだろう。

「階段を転がり落ちる場面があるかは別としても、戦法が増えるのはいいのう。まあ、その分頑丈に作らねばならぬが」

「でも、小さいと上を飛び越えられてしまいませんか？　追手が飛び越えるのは無理でも、魔法とか矢とか槍（やり）とか？」

「二足がそれを阻む必要はない。魔法や矢の盾になるのは、クリスの仕事。きっとクリスが、自分の体で矢も魔法も防いでくれる」

俺とじいちゃんの会話の途中で、アウラが疑問に思ったことを口に出したが、アムールに一蹴されていた。

「まあ、クリスさんの仕事というのは間違いないけど、正確には近衛兵や護衛のゴーレムの仕事だな。この二足の仕事は物理的な敵の妨害で、逃げる王様たちと敵の間に距離を作るのが役目だから、

敵を倒したり攻撃を防いだりするのは二の次三の次だな」

最初から量産型は邪魔をする目的で作ろうと考えていたので、戦闘力はあまり重要視していない。本当におまけ程度だ。それに、全長が一メートルであっても、両手を上げさせれば五〇センチメートルくらいは高くなるはずなので、やり方によっては魔法も矢も防ぐことができるかもしれない。

「とにかく、指摘して出た欠点を修正したものを作ってみるしかないじゃろうな。できたものを動かしているうちに、本来の用途とは違う使い方を思いつくかもしれぬしのう」

そういうわけで、なるべく欠点を克服できるように設計図を描いてみたが、じいちゃんたちが手伝えることはここで一旦なくなり、パーツを作るのは全部俺がやった。今回の量産型は一体一体作るのではなくパーツごとに大量生産し、全てのパーツが揃ったところで組み上げることにしたのだ。作業の仕上げには魔法が必要になるので、俺以外だとじいちゃんしかできないだろうが、仮組みまでなら魔法は必要ないので、プリメラたちにも手伝ってもらうことになった。

この仮組みを一番張り切って手伝っていたのは二足贔屓だったアムールで、何故かジャンヌとアウラに指示を出しながら組み立てていた。もっとも、今回は三人の組み合わせがうまい具合に働き、作業が予想よりも早く進んだのだった。まあ、アムールが仮組みの二足ゴーレムの一体一体に名前を付けようとしたのにには困ったものだったが……。

第八幕

量産型製作からおよそ一か月半。王都周辺は雪が降る日も珍しくなくなり、辺境伯領の国境付近での争いは王国側が競り勝って、帝国軍を辺境伯領からの追い出しに成功したのだった。ただ、それは雪が降ったことで帝国が王国側での戦線維持が難しくなった為に引き上げた側面もあり、未だに帝国側の国境近くに敵軍は陣取っている。そのせいでハウスト辺境伯軍を中心とした王国軍は、年の瀬だというのに軍を引き上げることができないでいた。

そんな中行われた王様主催のパーティーは、近年まれに見るくらいの少数参加で行われることになった。ざっと見た感じでは、前年に行われたパーティーの三分の一といったところだ。その理由として、王族派はいつでもハウスト辺境伯領へ加勢に行けるようにと自領に戻った貴族がいたことが理由で前年の半分ほどの参加となり、改革派は帝国が攻め入ってきた時から王族派との対立が目立ち始め、そういった諸々(もろもろ)を理由に不参加(ただし、王都には滞在している)を表明した改革派の貴族が八～九割ほど出た。中立派は王族派と改革派の争いを警戒してか、色々と理由を付けて半数以上が不参加だったり自領に戻ったりしたそうだ。なので当然のように、そういった空気の悪さを警戒した一般の招待客も少なかった。

そんな中招待された俺はというと、

「早く帰りたい……」

まだパーティーが始まっていない段階から、家に帰りたくてたまらなかった。

「まあ、気持ちはわかるが、こういう時に顔を出して王族との仲を宣伝する必要があるからのう。それに、アレックスたちに渡すものもあるじゃろう」

今のところ改革派は大人しくしているが、春になって帝国がまた攻勢に出始めたら騒がしくなるだろう。その時の為にも、オオトリ家は王族との仲が良好だと再認識させる必要がある。まあ、実際に良好な仲だし、ことあるごとに宣伝しているので今更かもしれないが、王都が手薄になっている時にこそやる意味がある。とはいえ、俺には俺の事情があるし、オオトリ家というのならじいちゃんが代理として参加するだけでもいいとは思うのだが……じいちゃんもじいちゃんで、面倒臭いから参加はしたくないなどと言っているので、互いに牽制し合った結果、結局二人で出席することになったのだった。

ちなみに、何故俺が出席したくないかというと、

「テンマ、助けてくれ……プリメラが妊娠したとわかってからエリザが……頼む、回復薬を譲ってくれ……」

プリメラの妊娠が発覚したからだった。

量産型ゴーレムの製作前後に体調を崩し気味だったので心配していたのだが、その少し後からつわりと見られる症状が現れた為、マリア様の伝手で産婆さんを紹介してもらい診察してもらったところ、妊娠の可能性が極めて高いと言われたのだった。正直、あのままつわりに気がつかなかったら、いつものように薬を用意した可能性が高いので冷や汗ものだった。なお、そのことを産婆さんに話すと説教された。今後もプリメラが薬を必要とした場合はその産婆さんが用意するというので、お願いすることになった。

「さすがのテンマも、妊娠中の知識はなかったというわけか」

などとじいちゃんは笑っていたが、これまで妊娠など縁がないものと思っていたので仕方がないだろう。何せ、ククリ村にいる時は村の人が妊娠することはなく、母さんの残した本に妊娠中の対応などが書かれてはいたものの、冒険者としてはあまり役に立ちそうになかったのでスルーしていたのだ。なので、ただ今勉強中である。

「そう言うじいちゃんも似たり寄ったりのくせに……ほら、栄養剤だ。飲め」

回復薬よりも栄養剤の方がいいだろうと思ってアルバートに渡すと、その場で一気に飲み干した。栄養剤を飲んだ後は、プラシーボ効果が出たのか幾分元気を取り戻していたが、どうせすぐに元に戻るはずなので帰る前に何本か渡した方がいいだろう。

「そういえば、父上から愚痴の手紙が来たぞ。何でも、肝心な時に国境から離れられないのが残念だとのことだ。それと、私にはプリメラの負担になるような行動は絶対にするなという手紙があったな。そして、テンマにも手紙があるぞ」

アルバートよりは、エリザの方が負担になりそうな気もするが……それも含めての命令なのだろう。妻の責任は夫の責任という感じかもしれない。

「ええっと……要約すると、『おめでとう。私は子が生まれるまでには戻れるはずだから、その時に改めてお祝いをしよう。あと、春になれば妻たちが遊びに行くはずだから、その相手を頼む』……みたいなことが書かれているな」

他にも、色々と興奮気味に書かれていたり愚痴が入っていたりで文章はもっと長いのだが、簡単に説明するとこんな感じだろう。

「春になれば母上たちが来るということだが……三人揃ってということはないだろうな。おそらく、順番で一人ずつやってくるはずだ。でないと、リンドウで指揮する者がいなくなるからな」

サンガ公爵が戦場に出ている以上、お義母さんたちがリンドウを守らないといけないので仕方がないだろう。サンガ公爵も、争いが停滞すればリンドウまでなら戻ることができるかもしれないが、王都までは無理と考えておいた方がいいとのことだ。

「生まれてくる子が男の子だろうと女の子だろうと、将来相手探しが大変になるだろうな。引く手あまたで、誰を選ぶかという意味で」

「うちの状況を考えれば色々な所から話が来そうではあるが、よほど相手が悪くない限りは口を出したくはないんだよな……俺としては家同士の繋がりよりも、子供同士の相性を重視したいかな。まあ、それもこれも、無事に生まれて無事に育ってからの話だな」

王家をはじめとしたオオトリ家の交友関係を考えれば、俺の子供に結婚相手を用意しようとする者が溢れるのは目に見えている。なので、それらの対策はしっかりと取らなければいけないとは思う。ただそれについては今後プリメラと話し合う必要があるが、今のプリメラの状態を考えれば状況が落ち着いてからでも十分すぎるほど間に合うだろう。

「それにしても、プリメラはつわりがひどいという話だが、魔法や薬でどうにかならないのか？」

「産婆さんが言うには、妊娠中は薬や魔法はなるべく使わない方がいいとのことだ。もちろん、緊急事態の場合には使用しないといけないそうだけど、今のようにきついだけなら魔法や薬によるリスクの方が大きいらしい」

妊娠初期の段階で下手に使ってしまうと、魔力や薬が胎児に悪影響を及ぼす可能性があるらしいので、よほどプリメラが危ない状態の時以外には使用しないように言われたのだ。そして、そのような状況で使用しないといけない時には、子供を諦める覚悟で使えとも。ただ、妊娠中期に入れば、魔力に関してはそこまで敏感にならなくてもいいらしい。もっとも、それでも強い魔力は胎児にとって毒にもなりかねないので、なるべくなら使わない方が安全ではあるそうだ。

「何というか……月並みのことしか言えないが、母親になるというのは大変なことだな」

「だから少しでもプリメラの近くにいたかったんだけど、そのプリメラにもパーティーに出席するように言われてな。何かあれば屋敷にはククリ村のおばさんたちも待機しているから、じいちゃんと行ってこいって言われた……」

「男は家にいてもいなくても一緒だから、外で仕事をしてこいとのう」

なので、さっさとパーティーを始めてもらいたいのだが、開始までもう少しかかりそうだ。

「まあ、今年は参加者が例年より少ないから、いつもよりは短いだろう……多分」

そうあってほしいと願いながら、大人しく王様たちが来るのを待つことにした。

「それはそうと、エリザはどうしたんだ？　それにリオンやカインも？」

「エリザはシエラ嬢と一緒に、来て早々に王族派のご婦人たちに捕まった。リオンとカインは挨拶回りだな。特にリオンは、今回の戦場が辺境伯領だから念入りに回っている。カインはそのフォローだ。私も一緒に回ってもよかったんだが、三人で回ると邪魔になるし、場合によっては圧力をかけていると取られかねんからな。私は二人が終わった後で挨拶に回るつもりだ」

これがサンガ公爵ならば向こうから挨拶に来るのを待つ立場だが、嫡男の立場だとそうはいかないらしい。それに、実家が今回の戦争のまとめ役の一人とも言える立場なので、色々と気を使う必要があるそうだ。

そんなことを話していると、ようやく王様たちが会場に姿を現した。王族からの参加者はミザリア様とルナを除いた全員で、王族からの参加者ではないがエイミィも王城に来てはいるそうなのだが、パーティーには参加しないらしい。なのに、何故王城に来ているかというと……

「ルナ様のお相手をしていただいております」

と、いつものように背後に忍び込んでいた執事(クライフさん)が教えてくれた。それに、ミザリア様とエイミィはこれまであまり接点がなかったので、交流を深める為に三人でお茶会を楽しんでいるとのことだった。

「陛下の周辺はまだまだ騒がしそうなので、テンマ様とマーリン様はこちらへどうぞ。アーネスト様が暇なので呼んでほしいとおっしゃっていまして」

ゴーレムということは伏せているがお土産を持っていくことは事前に知らせているので、王様に渡す前に内容を確認しておきたいといったところだろう。じいちゃんは嫌がっているみたいだが……どうせパーティーの途中でいつの間にか合流して、喧嘩しながら酒を飲むので早いか遅いかの違いでしかない。

クライフさんに案内されたのは会場の端にある東屋(あずまや)の中でも身分の高い貴族専用の場所で、周囲に隠れる所のない秘密話をするのにうってつけのところだった。

「おお、テンマ。呼び出してすまんのう。それと、奥方の懐妊おめでとう」

東屋に近づくと、俺に気がついたアーネスト様が声をかけてきた……じいちゃんの存在には一切気がついていないといった感じで。

いつもならパーティーの飲み物は度数の低いお酒を好むアーネスト様が、今日は珍しくお茶を飲んでいるので、俺のお土産がただのお土産でないと感づいているみたいだ。

「さっそくで悪いが、口頭でよいのでお土産とやらのことを話してくれんか？　普段なら陛下に渡されるものは近衛が物を確かめるのじゃが、今回はたまたま手が空いておらんでな。わしが物を確かめることになったのじゃ。本当なら現物を見せてほしいところじゃが、パーティーでもらうお土産をひけらかすような真似は、さすがにはしたないからのう」

という理由を付けて、お土産の情報を少しでも外に漏らさないようにするのだろう。

「ディンさんからの報告で知っていると思いますが、量産型のゴーレムを一〇〇体ほど用意しました。ただ、このゴーレムは最初から体を作っているものなので、小型とはいえかなりのスペースを必要とします。一応、そのゴーレム専用のディメンションバッグを複数用意していますが、今後の量産次第では数が足りない恐れがあります」

と、お土産の正体を話すと、アーネスト様だけでなくクライフさんも茫然としていた。何せ、普通ゴーレムはその製作の難易度もあって、一体作るのに安くても数十万Gくらいのコストがかかるからだ。まあ、俺の場合は重要な所はほぼ俺一人で作ったので技術料はタダだし、材料費も足りなくて追加購入した分もあるが大半は自分で集めて保管していたものを使ったので、およそ一〇〇体分の量産型ゴーレムにかかった金額は足りなかった鉄（およそ二〇〇キログラム）と、ディメンションバッグの製作に使った市販のバッグの代金で、合わせて二〜三万Gほどだった。

「鉄の半分くらいは使えなくなった武具を再利用し、バッグも中古のものを買ったのでそんなにかかりませんでしたね」

代金の内訳を教え、その後でじいちゃんと製作時の失敗談などを笑いながら話していると、

「テンマ……くれぐれもよそで格安のゴーレムを大量生産できるなどと話すでないぞ。絶対にじゃ！　下手をするとオオトリ家は、秘密裏に強大な軍を増やしている危険な家だとして、改革派どころか中立派や王族派からも睨まれることになるぞ！　いや、睨まれるだけならよいが、オオトリ家を危険視した者がどう出るかわからぬ。矛先がテンマやそこの阿呆に向くだけならよいが、確実にプリメラや生まれてくる子供、もしくはテンマに近しく武力を持たない者に向けられるじゃろう！」

いつもより厳しいアーネスト様の言葉に、毎度の如く遠くからこちらを窺っていた貴族がざわつき始めた。だいぶ離れているので俺たちが何を話していたかまでは聞き取れていないはずだが、おそらくはアーネスト様が声を荒らげたことで激しい口論が起こったとでも思ったのだろう。まあ、アーネスト様が怒ったのは確かだけど……それは俺の危機管理が甘いことに対しての忠告なので、決して仲たがいやしこりが残るものではない。なので、王族派よりの貴族は安心してほしいし、改革派寄りの貴族はぜひとも落胆してほしい……何が原因だったのかは話せないけれども。

「そんなに騒がんでも、わしは十分理解しておるわい。それに、テンマがずれているのは昔からじゃろうが」

「お主が理解していても、肝心のテンマがわかっておらんかったら意味がなかろう！　それに理解しておるのなら、先に注意しておかんか！」

「いや、まあ、それはあれじゃ……ちょっと注意するのを忘れとっただけじゃ」

「ならお主も同罪じゃ！　テンマとどっこいどっこい……いや、お主が教育に関わったせいでテン

マがこうなったとしたら……どう考えても、お主が元凶ではないか！」

調子に乗った俺が一番の元凶ではあるのだが……知らないうちにじいちゃんに感化されたと言われると、否定することができないのは確かだ。それに、いつの間にか俺を叱っていたはずのアーネスト様は、いつものようにじいちゃんと言い争いをしている。

「よかったですね、テンマ様。あのお二人のおかげで、無駄に聞き耳を立てて窺っていた貴族たちが、いつもの口喧嘩だと判断したようですよ。当人たちにそのつもりはないのでしょうが……結果良ければですね。おっと、お茶のお代わりはいかがですか？　特別にすごく渋いものを用意いたしますが？」

「三杯ください。そのうち一つはほどほどの渋さの砂糖入りで、残りの二つは激渋の砂糖なしをお願いします」

この後、クライフさんはさりげなく二人に激渋のお茶（一気に飲めるように、少し冷ましたもの）を渡し、その罪を俺に擦(なす)りつけていた。


「怒鳴ってしまったが、これらはありがたく王家で使わせてもらおう。それに、もしかすると追加を頼むかもしれぬが、その時はできる範囲で引き受けてもらえると助かる」

「結局、受け取るんじゃな。あれだけ怒鳴りおったくせに、調子がいいのう」

「誰かが言わぬと、テンマとお主は暴走したままじゃろうが！　少しは自分が規格外だという自覚を二人が持てば、わしもこんなことを言わずに済むのじゃ！」

「それに関しては感謝しております。追加もできる限り引き受けますので……マリア様に相談してから連絡をください」

一瞬、『遠慮なく言ってください』と口にしそうになったが、そうするとうちに直接やってきて注文しようとする人がいるので、確実に目立ってしまう。こういった場合の王族側の管理は、マリア様に頼むのが確実だ。マリア様なら誰にどれだけ持たせるのか決めても文句は言われないだろうし、マリア様がゴーレムを取りに来させるとしたらアイナかクリスさんなので、うちに来たとしても目立つことはなく、改革派に怪しまれたとしても、別に不自然ではことではないと判断されるだろう。

「それがよいじゃろうな。わしの方から伝えておこう。それでは、この話はこれで終わりじゃ。テンマ、そろそろ陛下の周りが落ち着く頃じゃろうから、声をかけるのならば今が良かろう。あまり遅くなると、直接探しに来そうじゃしな」

「それは面倒臭くなるのう」と言ってじいちゃんが立ち上がったので、アーネスト様と一旦別れて王様の所に行くことにした。アーネスト様はそろそろ落ち着く頃と言ったがまだ貴族が周囲に陣取っており、他の貴族に捕まるのは嫌だったので回れ右でもう少し時間を潰そうとしたのだが、その前に王様に見つかってしまい、向こうから近づいてきたので我慢するしかなかった。

ただ、まだ周りに人がいる場所で王様がプリメラの妊娠を話してしまったので、当初とは違う意味で目立つことになってしまった。まあ、特に秘密にしていたというわけではないのだが、プリメラの体調が落ち着くまでは近しい知り合い以外には知られないようにしていた（あのリオンですら誰にも漏らさなかった）というのに……

一言文句を言おうかと思ったが、王様がばらした瞬間にマリア様が動いたので、これまたいつも

のようにどこかに消えていく二人を見送るしかなかったのだった。なお、そのことに関する謝罪はシーザー様からあり、続けてザイン様とライル様からもされたので、表面上は不快な様子を見せずに謝罪を受け入れる必要があった。まあ、いつものことといえばそれまでだし。

その後はできるだけ王族の誰かが近くにいるようにしてくれたので、特に問題なくパーティーを過ごすことができたのだが……その翌日から俺とプリメラの子供宛に、お見合いの話が来始めるのだった。まだ男の子か女の子かすらもわからないというのに……

第九幕

「テンマ、アーネストから手紙が来ておるぞ」

雪解けまで少なくとも一か月はかかるという頃、俺の元に一通の手紙が届いた。送り主は同じ王都に住むアーネスト様で、変装した大公家の使用人が重要な知らせだと持ってきたものだ。

同じ王都なのだから、王城や大公邸に呼んで直接告げればいいと思うかもしれないが、この一〜二か月の間に王都の雰囲気が荒れてきており、王族派の中でも誰が味方で誰が敵なのかはっきりとわからなくなり始めているのだ。

その原因は辺境伯領の戦争だ。今は睨み合いが続いている状況ではあるが敵方の数が以前よりも増えているせいで、辺境伯家側は数の有利がほぼない状態になっている。その対策として、王族派と一部の中立派の追加派遣が決まったのだが、そのせいで王都付近では改革派の存在感が増している。まあ、俺に言わせれば鬼のいぬ間にといった感じだが、それでも弱小で比較的改革派の領地に近い所に住んでいる貴族にとっては脅威であり、少しずつだが改革派による寝返り工作が成功してきている。

ここまで来ると王様たちも警戒を強める必要があり、むやみやたらに刺激しないようにオオトリ家との付き合いも表面上は少なくしているのだ。もっとも、今回のように手紙や伝言でのやりとりは、以前よりも頻繁にしているけど。

「それで、あ奴は何と言っておるのじゃ？」

「どうやら、今度はサモンス侯爵領にちょっかいをかけてきているみたい」

サモンス侯爵領はサンガ公爵領の北、山脈に近い位置にある。そのせいで、山越えをしてきた敵兵に目を付けられ、略奪行為を受けたそうだ。もっとも、現段階（アーネスト様に報告があった時点）では、本格的に侵攻してくるつもりなのかただの嫌がらせなのか、それと偶発的に狙われたのか判断できないとのことだった。

「もしサモンス侯爵領まで狙われたら、本格的にオオトリ家も参戦することを考えないといけないかもしれないね」

「まあ、そうじゃろうが……その場合でも、わしがゴーレムを引き連れていけば十分じゃろう。さすがにわしとテンマが揃って向かうとなれば、改革派が好機とばかりにクーデターを起こしかねんからのう」

年越しの前の段階では、改革派がクーデターを起こす可能性があるという程度だったが、今ではほぼ起こすだろうというのが、王族派の上層部の考えだ。そのせいで、今の王都の雰囲気に繋がっているのだが……王様たちもそこまで手が回らないといった感じだった。

その中で俺にできることといえば、王都の知り合いがいつでもオオトリ家の屋敷に逃げ込めるようにすることと、改革派の領地から得た食料や武具をいつでも使えるようにすること。そして、ここ数か月の間日課となっているゴーレムの製作に精を出すことだ。

ただ、量産型ゴーレムの増産は王様たちに渡したものを含めると三〇〇体を超えるくらいに増えたのだが、食料に関しては年を越してからあまりうまくいっていない。それは冬に入って食料の買い取り量が減ったことに加え、ここに来て改革派も備蓄の為に集め始めたようで、改革派の貴族に徴発される前に支店のほとんどを引き揚げさせたからだ。今改革派の領地に残っているのは支店だった空き店舗と、ダミーとして残してきたあまり売り物にならない品質の食料や武具だけだ。

「じいちゃん、マークおじさんたちと連絡を取って、もう一度緊急時の避難の打ち合わせをお願い。俺はサンガ公爵邸に行って、アルバートと話してくる」

カインのことだから、俺のところに直接来るよりもアルバートを間に入れて連絡を取ることを選ぶだろうとの判断もあるが、万が一王都が戦争に巻き込まれた時に、オオトリ家が特に連携を取る必要があるのが王家とサンガ公爵家になるはずなので、ここのところ何か問題が起きるか起こりそうな時は、すぐにアルバートと話し合うことにしているのだ。それだけでなく、オオトリ家と王家の仲介役も務めているので、王家からのアルバートの評価は急上昇中である。アルバートだけでなくカインやリオンも、学園時代の友人や知り合いを通して王族派の為に動いているので、王様たちの三人に対する評価は上がっているだろう。

「それじゃあ、行ってくる。プリメラ、何かアルバートに伝言はあるか？」

「特には……あっ！　どんなに忙しくても、お義姉様を蔑ろにするようなことはしないでくださいと、お兄様に伝えてください」

「わかった。念の為ライデンと馬車は置いていくから、何かあったら活用してくれ」

オオトリ家からサンガ公爵邸まではだいぶ距離があるのだが、魔法で飛んでいけば馬車より早く着く。ただ、二つほど問題もある。

その一つが衛兵に見つかると職務質問を受けるというもので、二つ目がとても寒いというものだ。もっとも、一つ目は身分を証明できればよほどのこと（貴族の敷地内に入るなど）がない限りは注意程度で済み、二つ目は十分な厚着をするか魔法で風よけするなどすれば大した問題ではない。

それに、王都の中を飛んで移動するのは俺とじいちゃんくらいで、俺もじいちゃんも王都では顔が知られているしよく飛んでいるので、ほとんどの場合は顔を見せて一言二言会話するだけで解放される。まあ、中には職務に忠実な衛兵もいるので、俺だとわかっていてもマニュアルに沿った確認をする為に時間を取られたりするのだが……緊急時以外で衛兵を振り切ると犯罪者として扱われることもあるので、面倒臭くてもちゃんと対応する必要がある。

「アルバート、カインから何か言付かっていないか？」

サンガ公爵邸に着いて門番に挨拶をすると、特に用件を訊かれることもなく屋敷の中に通された。そして対応に来た執事にも挨拶をして、そのまま仕事中のアルバートの所へと向かったのだった。普通ならあり得ないことだが、俺はサンガ公爵の義理の息子であるし、何よりうちに来た時のアルバートがこんな感じなので、特別にサンガ公爵より許可を得ている。もっとも、サンガ公爵がいる時はちゃんと門番に来訪の目的を告げて執事が来るまで待っているので、アルバートだけの特別対応である。

「入ってきて早々に訊くということは、陛下より知らせがあったのか？」

「いや、アーネスト様から手紙が来て知った。まあ、王様が指示したんだろうけどな」

「そうか、それでカインというかサモンス侯爵家からだが、今のところ自領に残している騎士団に警戒させるくらいだそうだ。サモンス侯爵領は山脈に近いせいで、王都やハウスト辺境伯領以上に雪が降り積もるからな。下手に騎士団を動かして敵を捜索させるよりも、守りを固める方針のようだ。ただ、次の報告の時には状況が変わっている可能性もあるから、いざという時はオオトリ家にも加勢をお願いしたいとのことらしい」

「了解したとカインに伝えてくれ。ここに来る前に、じいちゃんとその可能性について話し合ってきている。もしもの時は、じいちゃんがゴーレムを持って飛んでいく予定だ」

俺は豪雪地帯を冒険したことはないがじいちゃんは若い頃に経験があるそうなので、俺よりも適任だろう。ただ懸念があるとすれば、それはゴーレムの方だ。

俺の作ったゴーレムは、多少の雪の中での行動になったとしても問題なく動くことは確認しているが、人が動けなくなるような豪雪地帯での活動経験はないので、最悪身動きが取れなくて役に立たない可能性がある。まあ、その時は街の周辺などに待機させて騎士たちと警戒に当たらせるなどの役割が与えられると思うので、完全に足手まといということにはならないだろうが、サモンス侯爵の期待に応えることはできないかもしれない。ただ、整備されている所でだけでも動けるのならば、侯爵たちの負担を少しは減らすことはできるだろうし、今のゴーレムが豪雪の中でどこまで動けるのかという実験にもなるので、オオトリ家にとってもサモンス侯爵領へ加勢に行くのは悪いことではない。それに、落ち着いたらそれなりの対価は払ってもらえるだろう。

「確かに今の状況を考えると、テンマとマーリン様が同時に王都を離れるのは難しいからな。カインもいざという時は経験豊富なマーリン様にテンマのゴーレムが多数加勢に行ける準備をしていると知れば安心するだろう……ところでテンマ、以前もらった薬が切れてしまったので、もう少し融通してもらえないだろうか？」

アルバートの言う『薬』とは、年の瀬のパーティーで渡した栄養剤のことだ。少し前にも栄養剤を渡したので、相変わらずエリザの攻勢が激しいようだ。

「これくらいはお安い御用だが……あくまでも栄養補給を手軽にできる飲み物であって、怪しい薬じゃないからな。間違っても、他に話を漏らすなよ。変に集られると困るからな」

もしこの栄養剤がきっかけでエリザが妊娠し、それをアルバートが他の貴族に話しでもしたら……俺はその次の日から今とは違う人気を集めることになるだろう。跡継ぎが欲しい貴族の人気を……

栄養剤自体はそこまで作るのが難しいわけではないが、あくまでもアルバートに渡しているのは栄養剤であって、妊娠薬ではない。体力の増強や栄養補給が妊娠のきっかけにはなるかもしれないが、成分的には妊娠しやすくなる効果はないのだ。アルバートの知り合いだというのなら、栄養剤を分けるくらいはしてもいいのだが、その結果妊娠できなかったとしても責任は取れない。たとえ事前にそう伝えたとしても、薬に頼ろうとする貴族の中には納得しない奴も出てくるだろう。余計な苦労をしたくないのなら、アルバートにも渡さないという選択もあるが、仮にも親友で義兄の切なる頼みを無下にすることは、さすがの俺にもできない。そういった理由から、アルバートにきつく口止めをするしかないのだ。

「それは重々承知している。ただ、カインにだけは話してもいいだろうか？　あいつもこの先苦労するかもしれないからな」

「カインなら大丈夫だ。ただ、リオンはカノンと結婚するまでは控えてくれ。リオンの場合、言わない方がいいと理解はしていても、ポロリと口から滑り落ちてそのまま気がつかずに話を広げそうだからな」

カインなら渡す時に言わなかったとしても、うっかりでよそに漏らす心配は少ないが、リオンの場合は漏らす可能性が非常に高い。もっとも、それと同じくらい妊娠効果などない普通の栄養剤だと疑わないことも考えられるが……何が起こるかわからないのがリオンなので、できる限り栄養剤の話はしない方がいいだろう。

「それも理解している。ただまあ……リオンにも飲ませてみたが、そんな効果はかけらもなかったという風にも宣伝できる気もするけどな」

確かにそう言い張ることもできるだろうが、元々リオンの相手は王都にいないので、「それは当たり前だろ！　むしろ、効果があった方が（色々な意味で）怖い！」と、関係者各所から言われそうだ。

「あなた、テンマさん、話が一区切りついたのなら、私も交ざっていいかしら？」

いつものようにリオンで落ちを付けたところで、エリザが遠慮がちに部屋に入ってきた。遠慮がちというのは、おそらく俺とアルバートの話（栄養剤のところ）を聞いていたからだろう。アルバートはエリザがドアの外にいるのに気がつかなかったようだが、俺の方はその時からいたことに気がついてはいたが部屋に入ってくるとは思っていなかったので、エリザと顔を合わせるのは正直ちょっと気まずい。

「どうした、エリザ？　別にそれほど重要な話をしていたわけではないから、そこまで遠慮することはないのに……もしかして、何かテンマに用でもあったのか？」

アルバートはまさか自分たちの夜の営みに関係する所を聞かれたとは思っていないみたいで、遠慮がちに入ってきたエリザを見て、何か俺に頼み事でもあるのかもしれないと勘違いしたようだ。

「いえ、まあ、そうですけど……頼み事というほどではないですわ。ただ私の実家の方から、王都で何かあった時には、シルフィルド家の使用人の避難先を頼まれてくれないかという手紙が来ました……場合によっては、オオトリ家にも避難の協力を頼みたいと思いまして」

「サンガ公爵家としては、シルフィルド家の避難に協力するのは構わないが……シルフィルド家が危険な時は、王都中が危険な気もするが？」

「おそらく、外部に逃げる時の手伝いも含まれていると思いますわ。さすがに援軍の当てがないのに、王都の屋敷で籠城は難しいでしょうから。ただ、その時は確実に公爵家の命令に従うように話は付けますから。構わないという返事を書いてもいいでしょうか？」

「それなら構わないが……オオトリ家としてはどうだ？」

「うちの場合、避難先としては無理だろうな。王都で何かあって避難が必要になった場合、オオトリ家の屋敷はククリ村関係の人で半分近くが埋まるかもしれないからな。その他にも知り合いが来ると考えると、距離的にも収容人数的にもシルフィルド家の人を受け入れるのは難しいかもしれない。ただ、外部に避難するとなった場合は、もちろん協力させてもらう」

　この場合、親しい間柄でも明確に『どこまで協力する』などは決めない方がいいだろう。避難するということは弱者の立場になるということだし、もしかすると逃げる途中で分かれなければならないかもしれないし、逃走中に取捨選択を迫られる場面が出てくるかもしれない。

　それはアルバートとエリザの方がよく理解しているようで、今は『いざという時には協力して外部へ脱出する』というところで話は終わった。

「ところでテンマさん。プリメラの調子はどうですか？」

「元気にしているよ。それに、だいぶつわりにも慣れたと言っているし、産婆さんはそろそろつわりも治まるだろうと言っているな。あと、一目見てわかるくらいにお腹も大きくなってきたせいか、背中や腰が痛いみたいだな」

痛そうにしているところを見かけた時は率先して背中や腰のマッサージをするようにしているが、俺がいない時にはアムールやジャンヌたちがプリメラのマッサージをしているそうで、かなり助かっているとプリメラは感謝していた。今でこそだいぶマッサージが効くようになってきたそうだが、俺もアムールたちも最初のうちはおっかなびっくりでマッサージしており、あまり効き目がなかったとのことだった。その話を聞いた時、俺たちはこっそりと、「じいちゃんで練習(じっけん)して正解だった」と笑い合ったのだ。

「そうですか、近々遊びに行くと伝えてほしいですわ」

王都が微妙な雰囲気の中でも、エリザがうちに遊びに来るのはすでに決定事項となっているようだ。まあ、元々特に連絡することもなく遊びに来る間柄だったので、会わなすぎるのも逆に不自然ではあるし、プリメラとエリザの仲を考えればいいストレス解消にもなると思うので、エリザの訪問は大歓迎である。

◆サモンス侯爵ＳＩＤＥ

「報告します！　我が軍への侵入を試みていたと思われる敵兵の一団を発見、即座にこれを撃退しました！」

敵に動きがなく、幾分余裕のある中で膠着状態が続いていたある日の昼の打ち合わせ中、休憩直前の少し浮かれたような空気に冷や水を浴びせるような報告が届けられた。

報告によると確認された敵の数は二〇前後で、そのうち数人は倒したものの残りは逃走し、捕縛はできなかったとのことだ。こちらの被害は軽傷者が数名、死者重傷者は出なかったそうだ。できれば全て倒すか捕縛してもらいたかったところではあるが、死者重傷者が出なかったのは喜ばしいことだ。

「皆はどう思う?」

「簡単に見つかり早々に逃げたところを見ると、おそらくは嫌がらせでしょう。ただ、今回の侵入未遂が本気で破壊工作、もしくは要人暗殺を考えていた場合、撃退された部隊を囮にして他の部隊が侵入した恐れもあるので、警戒を強める必要があると思われます。捕縛ができなかった以上、すぐに死んだ敵兵の持ち物を検めるべきかと」

侯爵軍の幹部の一人がそう提案すると、残りの者たちからも賛成の声が上がった。

「確かにそれがいいだろう。では、すぐに死体及びその持ち物を検め、同時に警戒を強めるようにとの指令を各所に出せ」

私を含め、ここにいる幹部連中は警戒を強めてもやることは普段と変わらないが、下の方は負担が増えてしまうだろう。

「嫌がらせの為に自軍の兵に命を懸けさせる敵の上層部は、気が狂っているとしか言えんな……皆は、より部下たちに気を配るようにしてくれ。ただでさえ厳しい寒さの中でストレスがたまる状況なのだ。そこに敵方の余計な策のせいで負担が増し、仲間内でのトラブルが起こってしまうかもしれない。食事でも改善を図りたいところだが、それは早くても次の補給が来るまでは実行できない。

各部隊で支障のない程度に休憩を増やすなどで対応してくれ」

今できそうなことは少ないが、やれるだけのことはやらないと最悪自滅ということもあり得る。ある程度暖かくなって雪が溶ければ、侯爵領の兵たちと交代することも可能だが、それはあと一か月以上先のことになるだろう。

「サンガ公爵軍やハウスト辺境伯軍に人員の余裕があれば、一時的に借りて休憩をとらせることも可能だろうが……嫌がらせを受けたのはうちだけではないはずだ。そうなるとうちとあまり状況は変わらないとみるべきか……まあ、なんにせよ一度両軍とこのことで連絡を取った方がいいだろうな」

もしかしたらサモンス侯爵軍よりも余裕があり、何らかの支援を両軍から受けることができるかもしれない……まあ、それは希望的観測であるだろうな。

◆

「何で帰ってきたら、クリスさんがいるのかな？」

公爵邸での話し合いが終わった後、アルバートとエリザとしばらく談笑して屋敷に戻ってくると、何故か食堂でクリスさんがだらけていた。

クリスさんは去年の年末から色々と忙しかったらしく、うちに来たとしてもそれは仕事の一環としてばかりで、ほとんどお茶を飲むくらいの時間しか滞在しなかった。もっとも、実際には遊びに来るだけの時間はあったそうだが、王様たちが改革派を刺激しないようにうちに来ることをなるべく自粛していたので、クリスさんもそれに倣っていたとのことだ。ちなみに、王族の中でもティーダとルナは割と遊びに来た方だが、それでも以前の半分以下の頻度だ。二人がうちに遊びに来た表向きの理由は、エイミィがオオトリ家の元養子で俺の弟子なので、エイミィの挨拶ついでの指導についてきたという形だ。まあ、その時の付き添いはアイナなので、そういった時もクリスさんがうちに来ることはなかった。

「だってさぁ～……隊長がこれからさらに忙しくなるから、休みはないと覚悟しておけって、わざわざ私を名指しで言ったのよ。だから休みの被った同期を誘って遊びに行こうとしたら……」

「その同期の人たちは先約があったから、仕方なくうちに来たんですね」

「そうなのよね～……なんの約束かは省くけど」

そこで「彼氏とのですか？」と言わないのが、人としての優しさというものだろう。もっとも、その危険なワードを言いたそうにしているのが二人ほど同じ空間に（息を潜めて）いるが……今言うと大変なことになるかもしれないというくらいの想像はできているようだ。

「それで、マリア様にもちゃんと言ってから、テンマ君がいいなら遊びに行ってもいいって言われたのよ～」

クリスさんが来た時に俺はいなかったので許可していないが……と思ったら、プリメラが許可したようだ。ただ、クリスさんどころかプリメラにとっても誤算だったのは、うちで一番クリスさんの癒しとなるシロウマルが、じいちゃんの外出についていってしまい留守にしていたということだ。

「テンマさん、お帰りなさい」

変に絡まれないように、クリスさんが静かなうちに部屋に戻ろうかと考えていると、俺が帰ってきたことに気がついたプリメラが食堂にやってきた。どうやら直前までお風呂に入っていたようで、髪の毛がまだ湿っていた。

「ただいま。風呂は……って、ジャンヌと一緒だったのか。なら大丈夫だな」

うちの風呂はかなり広いので、妊娠しているプリメラが一人で入るとなると危険があるのではないかと思ったら、そのすぐ後ろにジャンヌがいたことに気がついた。

「ええ、手伝ってもらいました。介護させているみたいで、気が引けましたけど……」

などとプリメラが冗談を言うと、ジャンヌは苦笑いしていた。案外、プリメラの中で鉄板のジョークになりつつあるのかもしれない。まあ、介護云々は無視するとしても、普段から女性陣はよく一緒にお風呂に入っているので、ジャンヌにしてみると一緒に入るついでに手伝ったという感覚なのかもしれない。もっとも、アイナからすれば、「メイドとして当然のことです」と返ってきそうではあるが。

　そのまま少しプリメラと話していると……

「クリス、あっちを見る。あそこにクリスの求めていた癒しがある」

「そうですよ、クリスさん。あれこそ最高の癒しです！」

「ん？　シロウマルが帰ってきたの？」

といった、何やら嫌な予感がする会話が聞こえてきた。さほど離れていないので、集中しなくても十分聞こえる大きさの声だったが、プリメラとジャンヌはちょうど二人で話していたので気がつかなかったようだ。

「何よ、シロウマルいないじゃない」

「クリス、見るものが違う」

「そうですよ。最高の癒しはあそこ……今は違う人も交じっていますけど、あれこそ最高の癒しではないですか！」

「はぁ？　どういうことよ？」

　さすがにあそこまで大きな声で会話を続けていれば、さっきは気がつかなかったプリメラとジャンヌも当然のように気がついた。そして同時に、厄介事になりそうだとも感づいたようだ。

「はぁ～……何で気がつか……じゃなくて、気がつかないようにしている可能性大」

「ですね。ダメダメですね。クリスさんの目は節穴のようですね」

　さすがにあそこまで駄目出しされれば、意味はわからなくても腹が立ってきたようで、クリスさんの雰囲気が若干険しくなってきた。

「クリス、もう一度よく見る」

「何が見えますか？」

「テンマ君とプリメラ……あとはジャンヌ」

「そう！　テンマとプリメラ！　ジャンヌは今回関係……ないことはないけど、今は忘れていい」

「テンマ様とプリメラ様……正確には、テンマ様と妊娠しているプリメラ様！　あれこそ、オオトリ家の幸せの象徴！」

「幸せすぎて、その周りにも癒しの効果を振り撒く謎現象！」

「その癒しと幸せのオーラを、クリスさんは感じないというのですか！」

　アムールとアウラは、久々で加減を忘れたかのようにクリスさんを煽りまくる。それはもう、クリスさんの変化に気がつかないほどに……

「プリメラ、ここにいるとお腹の子に悪影響が出そうだから、部屋に戻ろうか？」

「そう……ですね。クリスさんのお相手は、アムールとアウラにお任せしましょう。ジャンヌ、まだ話し足りないので、一緒に来ませんか？」

「ご一緒させていただきます！」

俺とプリメラはジャンヌを連れて二階に避難し、これから起こるであろう争いから目を背けることにした。

そしてその後、思った通りクリスさんの怒りが爆発し、オオトリ家は久々の大賑わいとなるのだった。ちなみに、アウラは早々にクリスさんに捕まって制裁を受けたが、アムールは逃げたり反撃したりで時間を稼ぎ、じいちゃんの帰宅まで生き延びたのだった。なお、マリア様に言われてプリメラの様子を見に来たアイナもじいちゃんと同時に帰ってきたので、クリスさんたちは久々に三人揃って怒られたのだった。

「暴れるのは構わんが、物を壊すのはやめてくれんかのう」

「申し訳ありません……」

「おじいちゃん、ごめんなさい」

「すいませんでした……」

食堂で暴れ回った二人は、椅子が二脚とテーブルが一台の損害を出した。椅子は修理不可能ということで バラして薪代わりにするが、テーブルの方は脚が一本壊れただけなので修理に回すことにした。

「マーリン様、新しい椅子の購入費用はマリア様に報告してクリスの給料から出させますので、遠慮なくお申し付けください」

「そこまでせんでもよい。壊れた椅子の代わりなどどこかの空き部屋にあるはずじゃから、そこから持ってくればいいわい」

うちはククリ村の人たちが遊びに来た時の為に、椅子やテーブルの予備などはかなりの数が用意されているので、代わりの椅子の一つや二つはすぐに用意できるのだ。ちなみに、うちでは知り合いが集まればすぐに宴会となるので、物の破損はそう珍しいことではなく皆慣れているし、何なら家で一番物を壊しているのはじいちゃん（半ボケ状態の時を含む）だったりもするので、クリスさんたちにあまり強く言うことができないのだ。それに俺も少し前に階段の欄干を（ゴーレムで）壊しているので、椅子が壊れたくらいなら別に大したことではないという考えだ。なお、アウラは物を壊すどころかクリスさんの怒りを最初に食らってダウンしているので、二人ほどは怒られてはいない。

「それで、クリスさんはいつまで休みなんですか？」

この先一～二か月休みがないということならば、いくら何でも休日が一日だけということはないだろうと思い訊くと、

「休みは三日もらったから、その間厄介になりたいのだけど……駄目かしら？」

「うむ、断る！」

「まあ、三日くらいなら構いませんけど……その流れで、王様……はマリア様に止められるとして

も、ライル様やアーネスト様が来たりしませんかね？」

「テンマ様、さすがにそれは……ないとは思いますけど、万が一の時の為にマリア様に報告いたしますので、ご安心ください」

「ありがと、テンマ君。いつもの部屋を借りるわね！」

「だが断る！」

俺としては別に遊びに来てもいいが、今の情勢を考えると軍務卿や大公閣下が来るのは問題になりかねないと、アイナがマリア様経由で釘を刺すことを確約した。

「それじゃあテンマ君の許可も下りたことだし、まずはお風呂に入らせてもらうわね。アムール、アウラ、あなたたちも汗をかいたんだから一緒に来なさい！」

何故かクリスさんが、うちのメイドと居候に指示を出して風呂に連れていこうとしているが……少し前まではいつもの光景だったので、俺やじいちゃんは気にすることなく流した。アムールは何度か横から口を挟んでいたが、無視されるので諦めたらしく、大人しくアウラを引き連れてクリスさんについていこうとしていた。だが、楽しそうに風呂場へと向かおうとする三人の前に、アイナが先回りして立ち塞がった。

「三人とも、お風呂に入って汗を流す前に、食堂のお掃除をしましょうか？　お風呂で汗を流しても、その後で汚れてしまっては意味がないですから……ね？」

こうして俺は、もう一度二階にいるプリメラたちの所に戻ることになったのだった。今度はじいちゃんとスラリンたちも連れて。

「それでクリスさん、王城は今どうなっていますか？」

「ん？　ん～……まあ、テンマ君なら問題はないか。今のところ、王城にいる改革派は目立った動きはしていないわね。王城勤めの役人の上層部は、王族派が主要な役職の大半を握っているからそう簡単に崩されることはないと思うわ。それに近衛隊を含めた騎士団もほとんど把握できているはずだから、いきなり内部からクーデターを起こされる可能性は極めて低いわ。ただ、下に行くほど目が届きにくくなっているのは確かだから、楽観視はできないけれどね」

二階に逃げてからかなりの時間が経ち、クリスさんたちは食堂の掃除どころか風呂も済ませたとアイナが知らせに来たので、皆で食堂に集まることにした。

食堂では風呂上がりのクリスさんたちがだらしなくくつろいでいたが、俺たちが食堂に入るとすぐに居住まいを正した。俺やじいちゃんを見たからというよりは、その後ろにいたアイナを怖がってのことだろう。

そのタイミングで訊いた質問だったが、クリスさんは少し考えてから今の状況を教えてくれた。内容はかなり機密性が高いと思われる情報だったが、アイナが何も言わないということは、クリスさんが言わなかったらアイナが俺に伝えるつもりだったのかもしれない。

「ハウスト辺境伯領の情報は、アルバートやカインが持っているもの以上は入ってきていないんですか？」

「だと思うわよ。まあ、私が知らされていないだけという可能性もあるけど、さすがに危ない状況だったらリオンがテンマ君の所に走っているだろうし……それに、何か起こるとすれば、雪解け前後だろうというのが隊長の考えだしね。だから今のうちに休暇を満喫しろという感じなんだろうけど……ちくしょうめ！」

クリスさんは、「帰ったら思う存分こき使うつもりなのよ！　それなのに休みが三日だけってひどくない！」とヒートアップしていた。

「クリス、それが仕事だから仕方がない。その間は、私が代わりにシロウマルたちとごろごろしとくから」

よせばいいのに、そんな状態のクリスさんをアムールがからかったので、またクリスさんの雰囲気が険しくなりかけた……が、その前にアイナがクリスさんを止め、じいちゃんがアムールを注意したので収まった。

「そういえばテンマ君、余っている剣があったら三本くらい譲ってもらえないかしら？　もちろん代金は払うから」

クリスさんから珍しいお願いをされたが、今のオオトリ家には改革派の住んでいる地域から集めた武具がたくさんあるので、格安で譲ることにした。

「それにしても、わざわざうちのものを欲しがらなくても、クリスさんなら騎士団経由で品質の安定したものが手に入るでしょ？」

「クリスはきっと、テンマに頼めば騎士団より安く手に入ると考えて、その浮いたお金で良からぬことを企んでいるに違いない！」

「今、王都に入ってくる武具は前より量も品質も落ちていてね。任務で使う分は騎士団から品質のいいものが配給されるけど、個人的に使うものになるといいものが手に入りにくいのよ。それに高いし」

クリスさんを連れて、武具を入れたバッグを置いてある部屋に向かう途中、ついてきたアムールがからかうように叫んでいた。まあ、クリスさんは無視していたけれど。

武具の品薄に関しては、辺境伯領の戦争が大きく関係し、次に改革派の貴族が自領からの武具や材料の輸出に制限をかけたことが関係していると思われる。その為、今貴族以外で武具を多く持ち、割安で手に入れる可能性の高くて交渉もしやすい俺に、剣の融通を頼んだということらしい。

「まあ、ちょっと前に剣だけで数百本は集めたので、三本くらいは別に構わないんですけど……予備だとしても、そんなに必要ですか？」

「テンマ、クリスはテンマから格安で仕入れたものを、高額でよそに転売するつもりに違いない！」

またもやクリスさんはアムールを無視して、剣が三本の理由を話してくれた。

「ああ、私の分の予備はサイズ違いの剣を二本だけど、残りの一本はジャンさんの分よ。ジャンさんは普段から大剣を使うけど、今は普通の剣以上に手に入りづらいから、もし街で見かけたら知らせてくれって頼まれているのよ」

ちなみに、クリスさんには『剣だけで数百本集めた』と言ったが、正確に言うと一〇〇〇本は軽く集めている。ただ、これはクリスさんを騙そうとしたからではなく、『現時点で使える剣が数百本』ということだ。改革派の領地から引き揚げさせる時に、明らかに品質の低いものや使えないものは捨ててきたが、それでも確保した中には、一見してまともに見えるが実際には使えないものも交じっているのだ。

なので、もし品質の保証できる数百本の剣の中に、クリスさんの気に入るものがなければ、残りの剣も見せた方がいいかもしれない。そのついでに使えないものが見つかったら、その場ではねれば多少は手間が省けるし。

「クリス、それだったら、ジャンの分はジャンに選ばせた方がいい」

「ん？　……確かにそうかもしれないわね。ある程度ジャンさんに合いそうな剣はわかるつもりだけど、細かいところは本人しかわからないしね。そういうわけでテンマ君、ジャンさんの大剣は候補だけ選ぶから、本人に選んでもらいたいのだけど……後で呼んでも大丈夫かしら？」

ジャンさんなら別に夜呼んでも構わないけど、ジャンさんはジャンさんで忙しいのではないか……と思ったら、ジャンさんもクリスさんと同時に休暇が与えられたそうだ。なので、今日のジャンさんは、久方ぶりの家族サービスに精を出している頃だろうとのことだった。

「テンマ君、これとこれを頂戴ね。あと、ジャンさんの大剣は三本候補を選んでみたけど、もしかすると全部持っていくかもしれないわ」


その後、クリスさんは品質を保証できるものの中から一本と、まだ確かめていないものの中から一本選んで代金として三万Gを支払った。一本一万五〇〇〇Gの計算だ。中古だが品質がいいので、三万Gでも相場より安いくらいの値段だが、それを差し引いてもクリスさんのぼろ儲け状態だった。何せ、最初に選んだ剣は魔鉄製で、普通に買えばそれだけで三万G近くする。しかし、それ以上にもう一本の剣が高額商品だった。正直、何故見逃したのかと思うくらいの剣が交じっていたのだ。

クリスさんの選んだもう一本の剣、それはミスリル製の剣だ。長さ的には刃渡り四〇センチメートルほどと短めだが、柄の部分までミスリルで作ってあるので、とてもじゃないが一万五〇〇〇G

で買えるものではない。

　このミスリル製の剣をクリスさんが見つけて持ってきた時、

「クリス、その剣が欲しかったら、最低でも五万は用意するべき」

などとアムールが言ったほどだ。まあ、選ぶ前に値段交渉は済ませていたし、ミスリルの剣を見逃していた俺が悪いので、最初に決めた二本で三万Gの値段で渡したが……ものが良すぎたので少し悔しかった。見逃した原因としては、ミスリルの剣が少し短かったので、周りの剣に埋もれる形になっていたのと、適当に集めてもらったものばかりだったので、完全に油断していたからだろう。

「さすがにこのままだと刃こぼれや汚れで使えないから、ケリーにでも預けて調整してもらわないとね！」

　クリスさんは上機嫌で、ミスリルの剣の握り具合を確かめていた。それを見たアムールは、もしかしたらまだ掘り出し物が埋もれているかもしれないと言って、まだ仕分けていない剣を調べ始めていた。なので、ついでにある程度の仕分けを頼むと、最初は嫌そうにしていたアムールだったが、仕分けた量によっては好きな剣を一本あげると言うと張り切って請け負っていた。

「それじゃあ、テンマ君。ちょっとこの剣をケリーの所に持っていくから、シロウマルを借りるわね。ついでにジャンさんに大剣の話をしてくるわ」

　何故そこでシロウマルが出てくるのかと思ったが、ついでに散歩させてくるそうだ。じいちゃんとすでに外出しているし、おまけに街中でノーリードはどうかと思うが、今のところそういったことに関する明確な法律はないし、テイムされている魔物であり問題を起こさない限りは捕まることはないので、シロウマルが行きたいのなら好きにさせることにした。まあ、クリスさんが連れているとしても、シロウマルが問題を起こせばそれは俺の責任になるわけだけど。

そしてその日の夕方、屋敷にクリスさんから話を聞いたジャンさんがやってきた。今日は家族サービスの日だとクリスさんから聞いていたので、来るとしても夜になるのではないかと思ったが、夕食まで時間を空けることができたのでやってきたそうだ。まあ、ジャンさんの所の夕食の時間を知っているわけではないが、今から帰ったとしても、奥さんと娘さんをかなり待たせるかジャンさんの夕食がなくなっている可能性が高いと思う。

それをわかっているからか、ジャンさんは急ぎ足で大剣を見て回り、最終的にはクリスさんが候補として挙げていたものの中から二本選んでいた。さすがに三本は買いすぎだと判断したようだ。ちなみに、一本はクリスさんからのプレゼントということなので、残りの一本の代金として一万Gをいただいた。

これはクリスさん以上に相場より安いが、クリスさんの剣以上に手入れが必要なので割り引いたのだ。それと、サービスとして家で作ったお菓子とライデンの馬車による送迎付きだ。でないと、ジャンさんは確実に奥さんと娘さんに怒られるだろう。いくら急ぎ足だったとはいえ、それなりにちゃんと握り具合や重心を確かめていたので、ジャンさんが思っていた以上に時間がかかったからだ。

「ジャンさん、奥さんに怒られないといいけど……無理でしょうね」

ジャンさんを送り届け、いつもより少し遅い夕食を終えてゆったりとしている最中に、クリスさんがポツリとそんなことを呟いた。奥さんは、俺がジャンさんを送り届けた時は表面上にこやかにしていたが、帰ってくるのが遅くなった上に、家族サービスの日に抜け出す形で俺の所に来たのだ。問題にならないはずがないと思う。なので、俺がいなくなってから怒られていると考えた方が自然だ。

「まあ、何とかなるでしょう。何だかんだで、ジャンさんと奥さんの夫婦仲はいいからね！」

クリスさんは、どこか自分を納得させるかのような言い方で話を切り上げた。多分だけど、ジャンさんが大剣を買えるように仲介したのがクリスさんなので、奥さんに怒られないか心配しているのかもしれない。まあ、それを言ったら売ってもいいと俺が許可をしたのが原因ではあるが……奥さんがクリスさんたちから聞いた通りの人柄ならば、それくらいで俺にまで怒りが向くことはないはずだ。

「でもクリスさん、あまり俺から武器が買えるとか、まじで言いふらさないでよ。エドガーさんたちくらいなら問題ないけど、ほとんど付き合いのないような人に来られても困るからね」

俺が王族と仲がいいのは貴族や王城の関係者には有名すぎる話なので、しつこく声をかけられることはないと思うが、クリスさんの場合、運良く手に入れたミスリルの剣を同僚に自慢して、そこから同僚の知り合いに……とかいう形で広がりそうだし、その途中で俺が知り合いの紹介なら武器を売ってくれるなどと間違った情報になりそうなので、しっかりと注意しておかないといけない。

「わかってる……わよ？」

「テンマ、もう手遅れ」

すでに誰か知り合いに自慢した後だったようだ。

それから軽くクリスさんを尋問したところ、ケリーの工房に向かう途中でデート中の同期と遭遇してしまい、つい張り合う形でミスリルの剣を自慢してしまったとのことだった。

相手は近衛隊の所属ではないが同期の中でも仲がいい方だそうで、オオトリ家のことも色々と知っているから大丈夫だろうとは言っているが……クリスさんの同期はともかくとして、その彼氏に関しては何の情報もないので少し心配だ。

そんな思いを込めてアイナに視線を送ると、アイナは静かに頷いた。これで明日明後日くらいにはその彼氏を調べ上げて、何かあれば対応してくれるだろう。

「クリスさんのせいで、罪のない一組のカップルが破局するなんて……」

「カップルクラッシャークリス、爆誕！」

俺とアイナのやりとりに気がついていたアウラとアムールは、クリスさんの同期が別れると決めつけ、クリスさんをからかっている。

そんな二人をクリスさんは睨んでいたが、今回はクリスさんの方に非があるしアイナも睨みを利かせているので、二人に詰め寄るようなことはしなかった。

「とにかく、今後は気をつけてくれればいいから。害がない限りはオオトリ家がクリスさんの知り合いに何かすることはないしさせもしないから、そこは安心していいよ。二人も、クリスさんをからかうのもほどほどにね」

うちに遊びに来てストレスをためて帰るのもかわいそうだし、いくら今は優勢だとしても、アムールとアウラならいつそれをひっくり返してしまうかわからない。そうなると、アムールはともかくとして、アウラはひどい目に遭うだろう……物理的な意味で。それに、オオトリ家として明言しておけばクリスさんも安心だろうし、アムールたちもそれ以上そのことでクリスさんをからかわない……からかいすぎるということはないはずだ。

こうしてその日は何事もなく過ぎたが、次の日には忘れたかのように三人が騒ぐといった久々の賑わいを見せ、クリスさんの休暇は終わった。

ちなみに、後日アイナ経由で知った話では、クリスさんの危惧した通りジャンさんはあの日俺がいなくなってからかなり怒られたようで、休暇を過ごしたはずなのに疲れた顔で近衛隊に現れたそうだ。クリスさんの同期の彼氏に関しては、王城勤めの騎士だったそうですぐに調べが付き、すぐに問題なしという判断になったとのことだ。なお、その件に関してはクリスさんの同期が先手を打って彼氏によく言って聞かせたそうで、完璧に近い対策をしていたようだ。ただ、休暇明けのクリスさんは出勤したその日のうちに同僚に呼び出され、かなり怒られたらしい。


「辺境伯家の国境線が静かなのは嬉しいことだけど……不気味でもあるな」

サモンス侯爵領で騒ぎがあったという手紙が来てから一〇日ほど経つが、それ以降の情報は来ていない。ただ、あれは偶発的な事件だったのか、それとも侯爵領への侵攻の布石なのかはまだ判断ができないので、カインをはじめとする王都に滞在しているサモンス侯爵家の関係者はピリピリとした雰囲気に包まれていた。

「そう言いながらも、テンマは何を作っているのじゃ？　見た感じ車椅子の模型のようじゃが？」

ここ最近、いざという時の為に待機するしかない俺は、屋敷にいる間ほとんどすることがなくて手持ち無沙汰だったので、今後のことを考えてある物を作ろうと思い立った。今作っているのは、その完成品の模型だ。

「ああ、車椅子にも見えるけど、これは乳母車だよ」

「ほぉ、街で見かけるものとは形が違うのう」

じいちゃんは作っている最中の模型を手に取り、角度を変えながら興味深そうに見ていた。

この世界のベビーカーは前世で見かけるものとは違い、手押し車を改造したものが多い。その理由として考えられるのが、平民はわざわざ子供専用のものを作るよりは家にあるものを使った方が安上がりで、貴族は馬車で移動するのが基本であり、他にも乳母や子供専任の家臣がいたり移動時に専用のゆりかごを持ち歩いたりするので、前世のような赤ちゃんの移動専用のものを作ろうという人がいなかったのだと思う。

「その作りかけのものは三輪の乳母車で、こっちが四輪の乳母車」

「おお、よくできておるのう！　それで、三輪と四輪でどう違うのじゃ？　車輪の数以外に、大きな違いはないように思えるが？」

じいちゃんは出来上がっている四輪と作りかけの三輪のベビーカーを見比べながら、違いを探そうとしていた。

「まあ、あくまで模型だから、車輪の数以外はほとんど同じ作りだよ。ただ、四輪の方は安定感があって、三輪の方は動きがスムーズかな？」

あくまで模型での話なので実物がどうなるのかはわからないが、大きく間違ってはいないと思う。

「それならば安定している方がいいのではないか？」

「それはそうだけど、実際に作ったものがどうなるかはわからないし、赤ちゃんを乗せて動かしてこその乳母車だからね」

動かない状態で安定させるなら車輪など必要はないし、形状としては四角形より三角形の方が安定しているとか聞いたこともある。

「とにかく、両方作ってみて出来のいい方を採用するか、それぞれ何度か改良してから決めるかだよね。知り合いの中にも欲しいという人はいるだろうし、ちょっとした商売にもなりそうだしね」

少なくとも、アルバートとカインは欲しがるはずだ。そうなると、オオトリ家と公爵家と侯爵家が使っているというだけで欲しがる人も現れるだろう。それだけでも商売になるだろうし、今後貴族の間で流行れば当然同じようなものを作って売ろうとする者が現れるだろう。それが単に真似をしただけの物ならば論外だが、中には独自の工夫や安全で安価な製品が出てくるかもしれない。そうなれば、平民の間でも広がる可能性は十分考えられる。

「後々のことを考えれば、何種類かの乳母車が必要になるだろうね」

安定感、安全性が高いのはもちろんのこと、動かしやすく頑丈である必要もあるが、全てを満たそうとすると値段が馬鹿みたいに高くなるだろう。

「いっそのこと、オオトリ家で商会を作った方がいいような気がするのう」

「それは面倒臭いから嫌だな。それに、うちに商才のある人はいないように思えるし、先のことを考えると名前と技術を提供して継続的にお金をもらえる方がいいよ」

特許権のようなものがあれば一番だが、ないので信頼できる所に任せるのがいいだろう。もし継続的に金銭を得ることができれば、俺に何かあった時に子供に残せるものが増える。

そういったことをじいちゃんに話すと、

「まだ子が生まれておらぬのに、立派な親馬鹿になっておるのう」

と笑われた。まあ、そんなことを言ったじいちゃんは、絶対に立派な爺馬鹿……ではなく、曽爺馬鹿になるのは間違いないだろう。

ちなみに、じいちゃんの笑い声を聞きつけてやってきたプリメラたちも同じように笑っていたが、様子を見に来ていたアイナは模型の方に釘付けになっていたらしく、そこからマリア様たちに話が行き、二日後にはザイン様から『乳母車の製作に協力させてほしい』という手紙が来るのだった。


「持ち手はもう少し細い方がいいです。それと、赤ちゃんと対面できる形の方が安心できます」

「あと、赤ちゃんが簡単に逃げられないようにした方がいい。テンマの子供なら、少し目を離した隙に脱走する。絶対に！」

「アムール、さすがに脱走はない……と思うわよ？」

「いや、間違いなく脱走するはずじゃ。昔シーリアに聞いた話じゃが、テンマをベッドに寝かせて家事をしておったらいつの間にかベッドから消えており、家中見て回ってもおらぬから外へ捜しに行こうとしておったら、マーサが自分の家の前をハイハイしておったと抱きかかえてきたらしいからのう」

実物大の模型ができたのでプリメラにベビーカーの相談をしていると、いつの間にかじいちゃんたちが集まってきたのでこの際色々な意見も聞こうということになった。そこで場所を俺の部屋から食堂に変えて色々な意見を出してもらっていたのだが……いつの間にか俺の黒歴史がバラされる事態になったのだった。ちなみに、何故母さんの目を盗んで外へ出たのかというと、一人で移動（ハイハイ）できるようになったので、調子に乗って外の景色を見に行こうとしたからだった。なお、外に出ても見えるのは地面と草ばかりで大して面白くなかったので、家に戻ろうとしたところをマーサおばさんに捕まったのだ。

「ん？　誰か来たのかな？」

じいちゃんに俺の黒歴史がバラされている中、外でシロウマルが吠(ほ)えた。知り合いだったらシロウマルは吠えないので、何があったのかと思い『探索』を使って調べたが、敷地の外にうちに用事のありそうな人物は見つからなかった。

「少し見てきますね」

とアウラが出ていったが、すぐにシロウマルと一緒に食堂へと戻ってきた。

「テンマ様、スラリンが手紙を受け取ったそうです」

よく見ると、シロウマルの背中にはスラリンが乗っている。多分、外で一緒にいるところに配達員がやってきてスラリンが受け取ったのだろう。もしかすると、シロウマルが吠えたのはスラリンや屋敷の中にいる俺たちに知らせる為だったのかもしれない。

「え～っと、何々……じいちゃん、珍しく俺に指名依頼が来たそうだから、これからギルドに行ってくる」

「それは珍しいのう……誰からの依頼じゃ？」

「ライル様」

これまで何度か王家からの指名依頼を受けてきたが、ライル様から来たのは初めてだった。依頼内容は書かれておらず、ただ指名依頼がライル様から来ているという内容の手紙であり、個人としてではなく軍務卿として依頼を出しているとのことで、なるべく早くギルドに顔を出した方がいいだろう。

「緊急性の高い依頼だったらそのまま出かけることになるかもしれないから、もしかしたら今日は帰ってこないかもしれない」

そう言ってギルドに向かった俺だったが……

「帰ってこないかもしれないといった割には、早々と帰ってきたのう」

一時間ほどで屋敷に戻ってきたのだった。

「いや、詳しい話がその場で聞けると思ったら、まずは依頼を引き受けたことを伝えるので、二〜三日中に先方から直接説明があると思います……で終わったから、そのまま帰ってきた」

「まあ、よくよく考えれば、緊急性のない依頼だった場合はそうなるじゃろうな。緊急の依頼じゃったら、直接、王家からの使者がうちに来るはずじゃし」

「そうですね。もしかするとライル様はテンマさんの力より、『テンマさんが依頼を引き受けた』という事実の方が必要なのかもしれません」

「何かの宣伝にでも使いたいのかな？　まあ、ライル様のことだから、それを悪用するとは思えないけど」

もしかすると、他の貴族に対して王家と俺の仲の良さをアピールする目的があるのかもしれないけど……それは今更のことだから、あまり効果はないだろう。そうなると、貴族以外へのアピールが考えられるが……それも今更のことのような気がするので、そちらも効果はあまりないと思う。

「とにかく、説明があるまでわからないから、今あれこれ考えても仕方がないか」

「そうじゃな。ライル個人の依頼なら心配じゃが、軍務卿としてならおかしな依頼ではなかろう。わからんことを考えるより、乳母車の方が大切じゃ」

というじいちゃんの主張に全員が賛成したので、出かける前と同じように改良点や要望などを話し合った。ちなみに、ベビーカーという言葉がないので普段は乳母車と言っているが、実物ができたら商品名を『ベビーカー』にしようと思う。その方が俺としては言いやすいからな。

「それで、俺と組むのがジャンさんと新人五人ですか？　少ないですね」

「今回は試験的な試みだからな」

ライル様からの依頼とは、騎士団と合同で王都とその周辺の調査を行ってほしいというものだった。ただ、この依頼は俺以外の冒険者にも出されていて、それぞれ決まった範囲を騎士たちと共に調査するといったものだ。

俺と一緒に回るのは、俺の知り合いでこの組の責任者となるジャンさんと、去年配属された新人の騎士が五人だ。他の組では新人の数は少なく組む人数ももっと多いそうだが、ジャンさんの範囲は王都から少し離れているので馬で回る必要があり、馬での移動なら少数の方が小回りは利くとのことから六人編成となり、そこに俺が交ざればジャンさん以外のメンバーは新人でも大丈夫だろうという話になったそうだ。

まあ、新人といっても幹部候補生の中から選ばれたエリートなので完全な足手まといにはならないだろうし、全員が王族派の貴族の身内なのでトラブルも少ないだろうということだった。

「それとな、テンマ。今回の調査は帝国に攻められた時を想定して、周囲の地形だけでなく、危険な魔物や動物がすみ着いていないかを調べるのを目的としているが、それと同時に騎士たちに冒険者との連携を覚えさせる為でもあるんだ。もし帝国と全面的に戦争をやるとなれば、冒険者の協力は必要不可欠だからな。そのもしもの時の為の下準備だな」

と、新人には知らされていない目的も教えてもらった。

新人の騎士に知らされていない理由は、一度に複数の情報を与えてもうまく処理できない可能性があるし、冒険者のことをあまりよく思っていなかった場合、逆に反発して調査がうまくいかなくなる恐れもあるからだそうだ。

「それで、俺の役目は魔物への対処方法と野外での活動方法を、冒険者(おれなり)のやり方で教えるということでいいんですよね？」

「ああ、容赦はいらないから好きにやれとのことだ……まあ、俺としてはほどほどにしてくれないと困るけどな」

今回の依頼には調査に協力するという以外にも、冒険者の技術を教えるというものも含まれている。つまり、軍の仕事に協力しながら教官役をやれというものだが、これのせいで冒険者の数を揃えるのに苦労したそうだ。

ただ冒険者として実力が上位の者を集めるだけならば、王都にいる冒険者のランクが高いものを上から順に声をかければ簡単だったのだが、戦闘力に加え冒険者としての知識と技術に優れ、その為人(ひととなり)もある程度まともで信用できる者となると数が限られるので苦労したとのことだ。なお、アムールが弾(はじ)かれた理由は、戦闘力と為人は信用できるが、冒険者としての知識と技術が足りないと判断されたからだそうだ。ちなみに、じいちゃんに依頼が来なかったのは、アーネスト様が反対したからだそうだ。反対理由は別にじいちゃんが嫌いだからとかではなく、一時的にとはいえ王城の戦力が減るので、その隙を突いて改革派がクーデターを起こす可能性を少しでも下げる為の抑止力とする為とのことだ。

「それなら、二〜三日野営しておきましょうか？　まだ雪が残っていますけど、ちゃんと対策すれば凍死なんてことはありませんから」

依頼による拘束日数が、予備日を含めて最大で三日となっていたので、それをフルに使って調査をしようかと提案したらジャンさんに却下された。一日程度なら問題はないが、三日となると捜索隊が組まれる可能性があるからだそうだ。まあ、俺とジャンさんがいるので大丈夫だという判断が下される可能性の方が高いかもしれないが、その場合でも始末書や報告書を書くのはジャンさんの仕事になるので、勘弁してほしいとのことだった。

「そろそろ担当の範囲に移動してもいいか？　お前ら、準備はできているな！」

世間話をしながら予定時刻を待ち、軽く打ち合わせしてから王都を出発した。目的地は前に地龍を発見した森の周辺だ。よく行く場所でもあるので、俺だけなら一時間ほどで到着できるが、今回はジャンさんたちもいるので移動速度はかなり落ち、道中で休憩も兼ねた調査も行ったので、到着には三時間以上かかった。

「それじゃあ、テンマ。ここからは冒険者のやり方で頼む」

「了解しました。でも、俺のいつものやり方だとスラリンに補助してもらいつつ、シロウマルとソロモンにも協力させるので、今日は少し違いますけどね」

本来はそこに『探索』も使うのだがそれは基本的に秘密なので、よく知らない騎士たちがいる所では話さなくていいだろう。ちなみに、今回の依頼にスラリンたちは連れてきていないので、いつものやり方をリクエストされてもできないのだ。

軽く断って了承を得た俺は、ジャンさんたちの先頭に立って森の中を進んだ。俺としては『探索』を使っていないもののちゃんと周囲を調べながら進んでいたが、新人の騎士たちには適当に進んでいるように見えたらしく不審がられた。だけど、騎士たちより先に森の中で異変に気がつくと、そういった視線はすぐになくなった。

「ジャンさん、この森に熊がすみ着いているようです。ただ、魔物か普通の動物なのかまでは判断できませんけど、警戒する必要があります」

木の幹に背中をこすりつけたと思われる跡があり、それが比較的新しいことからこの周辺に熊がいると推測したのだ。念の為『探索』で探してみると、俺たちがいる所からはだいぶ離れているが、一頭で森の中をさまよっている熊がいた。大きな個体だが、魔物ではないようだ。

「まだ少し時期が早いと思いますが、冬眠明けの熊は腹をすかしているので凶暴な奴が多いです。それに、これまでこの森で熊の痕跡を見たことがないので、冬眠前か冬眠明けで流れてきたのだと思います。だとすると、この個体の行動範囲はかなり広い可能性があるので、このままだと人が襲われるかもしれません」

木の跡から大体三メートル前後はある熊だと思われるので、一般人が遭遇してしまったら絶望的な状況となるだろう。仮に遭遇したのが冒険者だったとしても、それなりの実力がないと熊の餌になりかねない。

「熊をどうしますか？　幸いなことに熊が移動した跡だと思われるものがあるので、追跡は可能です」

まあ、熊が人の通れる道だけを進んでいるとは限らないので、途中で移動の跡を見失う可能性はあるが、その時は『探索』を使って追いかければいい。それで何か怪しまれたとしても、『大老の森』で学んだ経験だと言えば納得させることは可能だろう。嘘や出まかせではなく、実際にそういった経験を積んでいるのだから問題はない。

「もちろん追うぞ。お前たちも追跡の邪魔にならないように気をつけつつ、いつ熊が現れてもいいように警戒をしておけ！」

ジャンさんの言葉に騎士たちは顔を強張らせたが、すぐに隊列を組み直していた。

「ジャンさん、いました。二〇〇メートルほど先にある岩のそばです」

追跡を始めて一時間ほどで、目的の熊を視認できる所にまで追いついた。

「ん？　どこだ？　わからんぞ？」

思わず、「年ですか？」と訊きそうになってしまったが、若い騎士たちにもわからないようなので、見つけることができていないだけなのだと思う。

「ジャンさん、この指の差す先の方に途中から折れている木があるのはわかりますか？」

「ああ」

「そこから少し左に岩があるんですが、そこに追っていた熊がいます」

「んん？　……もしかして、あの少し茶色っぽいのが熊か？」

「そうです」

ジャンさんは俺の指に引っつくくらいに顔を近づけ、ようやく熊を見つけることができた。新人の騎士たちは、ジャンさんとほぼ同じかそれより先に見つけたようなので、やはりジャンさんの視力は衰え始めているのかもしれない。

「かなりデカそうだな。テンマ、できるのならこいつらに経験を積ませたいんだが、素材がもったいないというのなら見取り稽古にしてもいいが……どうする？」

「あまり熊の素材に興味がないので、ジャンさんたちで倒していいですよ。この時期の熊肉はおいしくありませんし、毛皮もあまり使い道がないですからね。ああでも、できたら熊の胆のうは確保したいですね。あれ、薬になりますから」

「ああ、発見したのはテンマだから素材は譲ろう。だがその代わり、どうやって倒すか考えてもらうぞ」

こうして契約が成立したのだが……新人とはいえ騎士が五人もいれば、大した作戦もなく正面から戦ったとしても勝算は高いと思う。まあ、それを踏まえた上で、ジャンさんはより安全なやり方を考えろということだろうけど……俺が思いついた作戦は大したものではなかった。しかし、そんな大したものではない作戦で、騎士たちは怪我なく熊を倒すことができたのだった。

「何か、思っていた以上にあっさりと終わったが、魔物でない熊はこんなもんなのか？」

「いえ、馬鹿みたいに簡単に引っかかりましたけど、当然失敗することもありますし、その場合は死人が出てもおかしくはありませんから、結局は騎士たちの連携と個々の能力があってのことですよ」

俺が考えた作戦はものすごく簡単で、ある程度開けた場所を探し、その中心に餌となるオークの肉を置く。その周辺に騎士を四人隠れさせておいて、残りの騎士が熊の注意を引いて餌まで誘導する。囮に引き寄せられた熊が置かれた餌に気を取られたところで隠れていた騎士たちが槍を投げ、その後全員で熊を倒すというものだ。

その作戦で引っ張ってきた熊は、最初に投げた槍の一つがいい所に刺さり、それだけでほぼほぼ勝負が付いたような状態になった。そして、その後の騎士たちの一斉攻撃で熊はあっさりと絶命した。しかし、一歩間違えると熊が餌に引っかからずに囮に襲いかかるという危険もあった作戦だったので、騎士たちには非難されてもおかしくはなかったのだが……事前に冬眠明けで腹が減っている熊なら餌に引っかかる可能性はかなり高いと説明していたことと、万が一の場合には俺とジャンさんがすぐ近くで控えていると説明していたので、危ない作戦であったにもかかわらず騎士たちは迷いなく実行したのだった。それに出番はなかったが、いざとなったら魔法も使って攻撃すれば、より安全で楽に倒せるくらいの強さだと教えたのも動きが良かった理由の一つだろう。

「本来の流れなら次は熊の解体になるんですけど、今回はする必要がないのでこのまま俺がもらっておきますね。ただ、実際の任務中に倒して持ち帰ることができない時は、大ざっぱでいいので解体して、土に埋めるか燃やすかをしてください。もし周囲に狼のような肉食動物がいるようならそのままにしておいても大丈夫でしょうが、下手をすると腐って疫病の元になったり、アンデッド化したりする恐れがあるので気をつけてください」

熊を回収してから処理の説明をすると、ジャンさんたちは真剣な表情で頷いていた。

その後も森やその周辺を調査したが熊以外の異変は見つからず、今日の調査は終了して野営をすることになった。さすがの俺も野営はジャンさんの冗談だと思っていた（騎士たちは俺以上に驚いていた）が、ジャンさんが依頼主代理である以上従うしかなかったので、森の中で夜を明かすことになるのだった。ちなみに、野営地に選んだのは熊を発見した場所で、岩がちょうどいい風よけになっていたのが理由だ。まあ、少し獣臭かったけど。

その日の野営は順調にとは言えないものの、何とか無事に夜を明かすことができた。新人の騎士たちは本格的な野営は初めてだったらしく五人ともかなり眠そうにしていたが、ジャンさんの朝練に付き合わされた後は完全に目が覚めたようだった。

「テンマ、今日はこのまま森とその周辺の調査を続けて、昼過ぎには王都に戻ろうと思う。少し早い帰還になるが、昨日の熊以外の危険な生物の痕跡は見当たらなかったし、初めての野営でこいつらもかなり疲労しているようだからな」

と、ジャンさんから早めの依頼終了が提案された。俺としては依頼を受けている方なので文句はなく、逆に早く終わるのは歓迎するべきことだ。

こうして俺たちは朝食の後で昨日中断した場所から調査を再開し、ほぼ森とその周辺の調査を終えたところで帰還予定の昼過ぎを迎えた。

「これでこの森周辺の調査を終了とする！」

ジャンさんの宣言で今回の調査は終了となり、あとは王都に帰るだけとなった。ちなみに、ここまでジャンさんたちが乗ってきた馬は、調査中ずっと騎士たちが持つディメンションバッグに入っていた。こういったディメンションバッグの確保が難しいところも、今後の課題となっているそうだ。

「ジャンさん、誰かが……馬に乗った騎士が数名こちらに向かってきています」

「まじか？　……って、やっぱり見えんな。テンマ、それは俺たちを目指してきているのか？」

「多分そうだと思いますけど、俺たちを見つけたからというよりは、俺たちが担当していた範囲に向かっているみたいです」

　騎士たちの初野営による疲労のことを考えて、帰りは行きよりも少し速度を落として王都を目指したが……もう少しで王都が見えてくるというところで、俺とジャンさんの優しさを打ち消すような知らせが王都の騎士団から運ばれてきた。


「そうだとすると、何か予想外のことが起こって俺かテンマ、もしくはその両方に知らせる為かもしれないな……テンマ、騎士たちの近くまで先導してくれ」

　ジャンさんは何も言わなかったが、おそらく面倒なことが起こったのだろう。もし探しているのがジャンさんと騎士たちだけなら、大した問題ではない可能性もあるが……俺にも用事があるのだとしたら、ほぼ確実に厄介なことが起こったのだと判断していいだろう。

　俺たちを探していると思われる騎士たちの近くに行くまで、こちらに向かってきている騎士たちの目当てが、ジャンさんと新人の騎士たちだけでありますようにと珍しく神に祈っていたというのに、俺の祈りは神に届くことはなかった。

「テンマ、このまま北の方に向かうことになった。何でも、あの化け物が数体見つかったそうだ」

「被害は？」

「発見されたのが死体と瀕死の個体とのことで今のところ被害は出ていないそうだが、他に生きているのが周辺に潜んでいる可能性がある」

馬を走らせながらジャンさんに事情を訊くと、これまで発見されていなかった北側で化け物が見つかったとのことだった。

被害はないそうだが、急遽その周辺をもう一度詳しく調査する必要があるとのことで臨時の隊を編制する為、発見場所から割と近くにいて隊の指揮を任せられるジャンさんに指令が出たそうだ。

なお、俺は完全におまけである。断ることも可能だったが相手が例の化け物なので、できるなら調査に加わってほしいとのことだった。もっとも、それを聞かされたのはライデンを走らせて北に向かっている途中でのことで、すでに断れない状態になっていた。


「エドガー！　状況はどうなっている！」

元々この周辺を調査していた班の責任者はエドガーさんだったそうで、ジャンさんが到着するまでは臨時の隊長を務め、ジャンさんと合流後は副隊長になるらしい。

「はっ！　死体はすでにマジックバッグに収容しております。ただ、瀕死だった化け物については捕縛を試みたところ暴れだした為、その場で始末いたしました。始末する際に怪我を負った者が数名おりますが、全て軽傷です」

「生きた状態の化け物が捕獲できれば何かわかることがあったかもしれんが、弱った状態でも騎士に怪我を負わせるのだから、無理をせず始末するのが一番安全か……」

「ジャンさん、あの化け物の中にはヒドラに近い再生力を持つものもいましたから、とどめは刺せる時に刺した方がいいと思います。それに、もしかするとエドガーさんたちが発見した時からとどめを刺すまでに、暴れるだけの体力を回復させた可能性もありますし」

「そうか。エドガー、騎士たちに瀕死の化け物を発見した際は、速やかにとどめを刺すようにとの指示を伝えてくれ。それと、その際には単独でやろうとせずに、複数人で警戒しながら行うようにとも」

「了解しました」

エドガーさんはジャンさんに敬礼すると、すぐに騎士たちに命令を伝えに行った。

「テンマ、俺の隊長権限でお前をこの隊の相談役に据えるつもりだ。この依頼を降りるなら、今しかないからな」

「いや、ここまでついてきたんですから、もう少し付き合いますよ。さすがに、『一～二週間家にも帰さずに拘束する』とかなら面倒なので帰りますけど」

ここまで来たら最後まで付き合いたいという気持ちもあるが、一週間単位で家に帰ることができないというのなら話は別だ。その場合は、せめて家から通いの依頼に変更してもらいたい。

「そこまではかからないだろう。この調査隊はあくまで臨時だからな。この周辺を調べ終えたら、一度王城に戻ることになっている。まあ、その後でギルドを通してテンマに依頼が行くかもしれないが、その時はよろしくな……というところだろう」

臨時の調査隊なので、明日の夕方には王都に戻れるとのことだ。

「それじゃあ、さっそくだが会議に参加してもらうぞ。相談役殿」

「隊長さん、俺は野営で疲れているので、後で話を聞かせてくれればいいです」

と言ってみたがそんな戯言はジャンさんに通用せず、会議（参加者は俺とジャンさんを含めても一〇人に届かなかった）に参加させられ、会議後すぐに担当場所に配置された。まあ、俺はジャンさんと基本的に本部（集合場所に建てられたテント）で待機し、何か発見があれば現場に急行するという形だ。

「何もなければ、寝ていてもいい……というわけではないんですよね？」

「ああ、何かが見つかるまでの間、俺たちはエドガーたちの発見した化け物の見分だ」

などと言われ、今度は化け物の死体解剖に付き合わされた。同じ人型でもゴブリンの解剖なら抵抗はないのに、元人間というだけで少し気持ちが悪くなったが……内臓などは俺が知識として知っている人間のものとは違っていたので、すぐに何とも思わなくなった。

「テンマ、どう思う？」

「多分ですけど、ケイオスの時のように体が大きくなった分、心臓と肺が巨大化したのかもしれません。胃も多少大きくなっているみたいですけど、その他は大した変化はないみたいですね……もしかすると、戦いに必要な部分だけ大きくなったとも考えられます」

心臓が大きくなれば、その分だけ体が大きくなっても血液が行き渡らないということにはならないだろうし、肺が大きくなれば一回の呼吸で長く行動することが可能だろう。胃に関しては、もしかすると状態維持の為に食事を多くとる必要があるからかもしれないが、腸など他の消化器官に変化は見られないので、たまたま大きくなった可能性もある。

「なるほど……ちなみにだが、過去にサンガ公爵家が発見した奴は、内臓は全体的に大きくなっていたものの、比率としては人間の内臓とほとんど変わりがなかったそうだ」

初耳の情報だが、その当時は義理の息子ではなかったし、そもそも機密情報扱いだっただろうから、サンガ公爵家としては俺に話すことなどできなかったのだろう。

「では、俺とじいちゃんが倒した化け物はどうだったんですか？」

「あ～……あれも、参考にならんくらい、損傷が激しかったそうだ。唯一、テンマが生きたままの状態から魔石を取り出した個体だけは比較的形を保っていたそうだが、何故か内臓の腐敗が激しくて詳しく調査できなかったらしい」

それは悪いことをしてしまったが……戦闘中はまだ周囲に村人がいたので、緊急事態だったということで忘れてほしい。

「そもそもが、いきなり体がでかくなってわけわからん化け物になるんだから、変化した分だけ心臓や肺が大きくなることもあるだろう。そんなことよりも、今はこいつらがどこからどうやってここまで来たのかの方が問題だな」

「一番可能性が高いのは、ケイオスのように人の状態でここまで来て、何らかの理由で化け物の姿になって死亡したというところでしょうね」

「そうなるだろうが……何故ここで化け物になってしまったのかという疑問が残るな。想像したくはないが、王都に侵入してから化け物になった方が大きな混乱を起こすことができただろうしな」

「もしかすると混乱を起こすのが目的ではなくて、何らかの実験だったという可能性もありますね。例えばですけど、化け物が雪の中をどのくらい行動できるかどうかとか、どこまで行くことができるのかとか」

俺がゴーレムで行うような実験と同じように、この化け物も製作者に実験体として使われたのかもしれない。

「だとすると、ケイオスの時点で実験は成功していたんじゃないのか？」

「あれも一つの成功例かもしれません。ただ、ケイオスは化け物に姿を変えてからすぐの状態だとかなり強かったのですが、時間が経つにつれて弱くなっていきました。俺が怪我を負わせたせいでもあるでしょうが、それを除いても体力の消耗が激しいように感じました。それに対し、俺とじいちゃんが討伐した化け物の群れは、一体一体の強さはケイオスよりも劣っていましたが、化け物になってからかなり長い時間行動しています。そして、体力を回復させる為なのか、家畜を襲って食べていました」

「なるほど、確かにそう聞くと実験だと思えてくるな。しかも、いくつものパターンを作り出そうとしている……もしくは、進化させようとしているのかもしれないな」

嫌な予感を漂わせる中、エドガーさんたち調査班が戻り始めたので、化け物の見分を終えることになったのだった。

エドガーさんの報告では、いくつか化け物の痕跡を発見することはできたそうだが、東の方から来たらしいという以外のことはわからず、他の化け物も発見することはできなかったそうだ。

この結果は次の日も変わることはなく、俺たちは予定通り二日目の夕方には王都に戻ることができたのだった。

「何故こ奴がここにいるんじゃろうなぁ……用があるのなら、クリスにでも伝言を頼めばよかったのではないか？」

「ふんっ！　わしはお主の家に来たんじゃない。テンマの家に来たのだ！　お主にとやかく言われる筋合いはないわっ！ それにクリスは仕事が忙しいわい！」

「じゃから、わしの家でもあるじゃろうが！」

「すでにこの家はオオトリ家の当主、つまりテンマの屋敷として登録されておる！ それはテンマに屋敷を譲渡したお主が一番よく理解しておるじゃろうが！ つまり、テンマに招き入れられた以上、お主がとやかく言うことではないのだ！」

ライル様からの依頼をこなした数日後の昼、アーネスト様が何故かアルバートたち三馬鹿を引き連れて、我が家へとやってきたのだ。

いきなりの訪問だったが大事な話があるとのことなので四人を招き入れ、応接間で話を聞こうと席に着いたところ、アーネスト様が来ていることに気がついたじいちゃんがやってきて、いつものように口喧嘩が始まったのだった……本気で嫌い合っているわけじゃないのに、もう少し大人しくできないものかと頭が痛くなったが……

「おじい様、あまり興奮しますとお体に悪いですよ。アーネスト様、ご挨拶が遅れまして申し訳ありません」

プリメラが間に入ると、二人ともすぐに静かになった。

「それで、大事な話とは何ですか？」

そう訊いてみたものの、このタイミングだと化け物絡みの話で間違いはないと思う。ただ、そうなるとアルバートたちがアーネスト様と一緒に来た理由がわからない。

「うむ、大体の察しはついておると思うが、本日の要件は化け物に関することじゃ。実は北側で見つかった二日後に王都の周囲を調査し直したところ、西側と南側でも化け物と思われる痕跡が見つかった」

「西と南の担当者は何をしていたんですか？」

「西はシグルドで、南はクリスじゃな。しかし、二人を責めることはできぬ。二人とも、痕跡自体は報告しておったからのう」

西で見つかった痕跡は数人が野営したと思われるもので、発見時はゴミが散乱して火の後始末がお粗末だったくらいにしか見えなかった為、「質(たち)の悪い奴らだったんだな」程度だったとか。その時はゴミを回収し、燃えカスを土に埋めてからその場を後にしたそうだ。

南の方の痕跡は野生の牛が食い荒らされていたというものだが、クリスさんは周辺に生息する狼の仕業だと判断し、牛の死骸を埋葬したとのことだ。

「しかし、北側で化け物が見つかったということで、怪しいと思われる報告があった場所は再調査することになったのじゃが、その再調査でシグルドの見つけた野営の跡地の近くで化け物になりかけの死体が埋められており、クリスの見つけた牛の死骸は狼ではなく、化け物が食い荒らしたものだというのがわかったのじゃ」

野営跡地の近くに埋まっていた化け物の死体が見つかったのは偶然に近いものだったそうで、再調査の為に派遣された騎士がその周辺を調べていたところ、枯草で覆われた地面が妙に柔らかいことに気がつき、掘り起こしたところ死体が埋められていたというもので、牛の死骸の方は再調査の話し合いの段階で「野生の狼が獲物を食い残すものなのか？」という疑問から始まり、「少なくとも、その獲物の近くに狼がいなかったことはおかしいのではないか？」ということになってもう一度調べることが決まったそうだ。その結果、歯型が狼のものよりも人に近いものであり、手を使って肉を引き千切ったような爪痕があったので、化け物の仕業と断定したらしい。

「牛に関しては、何故残された死骸が狼に食い荒らされていなかったのかが気になるがのう」

「それは簡単な話だと思いますよ。おそらくですが、狼は化け物を怖がったんですよ。化け物が牛を食い荒らす際に、牛の死骸には化け物のにおいがかなりこびりついたはずですから、狼はその牛の死骸は化け物のものだと判断し、横取りして報復でもされたらたまったものではないと思ったんでしょう」

例えばの話だが、ヒグマは自分の獲物に対する執着心が強いらしく、自分の獲物が持っていかれた際には執拗(しつよう)に奪い返そうとするという。

「なるほどのう……狼はその嗅覚で牛の死骸の持ち主が化け物だと理解し、その周辺に近づかないようにしたというわけか」

「それで、その西と南の化け物の話とアルバートたちに、どういった関係があるのですか?」

逸れた話を戻す為に、アルバートたちが同行している理由を尋ねると、

「今回の調査で、化け物の行動範囲に王都が含まれていることがわかった。しかし、帝国と戦争中である為、王都の騎士団を王都周辺の警戒に回すことはできぬ。その為、王都に滞在している貴族の中から有志を募り、臨時の警備隊を設立することになったのだ。この三人は、現時点で参加を表明した貴族の中で、爵位が上位に来る家の代表だな。つまり、警備隊の幹部候補となる」

アーネスト様は、いかにも王都に滞在している全ての貴族に声をかけたような言い方をしているが、選ばれた三人を見る限り王族派に属している貴族、もしくは友好的な貴族にしか声をかけていないような気がする。

「そして、その警備隊を率いることになったのがオードリー家……つまり、わしだな」

軍務に関することなので、ライル様か軍部の幹部が警備隊の代表になりそうなものだが、軍部の幹部は帝国との戦争や通常の業務で手いっぱいなどの理由で適任者がいないらしい。そこで役職に就いていない王族が就くことに決まり、アーネスト様が選ばれたということだった。ちなみに、他の候補としてシーザー様とティーダがいたらしいが、シーザー様は正式な役職はないものの王様の補佐をしなければならないし、ティーダは成人できる年齢ではあるものの、経験が圧倒的に不足しているということで弾かれたそうだ。

「三人が幹部候補ということはわかりましたが、家に来た理由は何ですか？」

「うむ、現時点で警備隊は五〇〇〇人近く募集することができたのだが、王都周辺となるとまだ数が足りぬ。そこで、冒険者や傭兵からも募集しようと考えているのだが、その代表をテンマに務めてもらいたくてのう」

今日の訪問理由は、俺に募集した冒険者たちの代表、つまり幹部になれということらしい。

「残念ながら、辞退させていただきます。俺は集団を率いるのに向いていません」

「やはりそうなるか……テンマは集団よりも、単独で力を発揮するタイプじゃしな。マーリンも同じような感じじゃし……誰か適任はおらんかのう？」

半ば俺が適任でないとの理由から断るとわかっていて、駄目元で話を持ってきたようだ。しかし、俺にそんなことを相談されても俺の交友関係は狭いので、パッと思いつくのは二人しかいなかった。

「幹部としてやれそうなのは、アグリとジンくらいしか思いつきませんね」

俺の知り合いの中でだと、アグリは色々なことに対してそつなくこなしそうで、ジンは集団を率いることができるかは不明だが、王都でもかなり有名だし個人としての武も冒険者全体の中でも上位に来るはずだから名前を挙げた。

「うむ、確かにその両名なら代表となれそうだが、どちらかというとジン・ジードの方が適任だろうな。アグリ・モナカートも有能と聞くが、知名度という意味ではジン・ジードの方が勝（まさ）っておるからな」

アグリも知る人ぞ知る冒険者というところだが、ダンジョンを攻略し武闘大会でも上位常連のジンとでは、知名度は段違いだろう。

「それなら、テンマからの推薦という形で、ジン・ジードに依頼を出してみるかのう。それでは、わしはこれでお暇（いとま）するが、テンマが良ければ三人はもう少し残るといい」

俺としては断る理由がないので了解すると、アーネスト様は四人で乗ってきた馬車で王城に戻っていった。見送る途中であの三人はどうやって帰るのかと訊いたところ、後で代わりの馬車を寄越すとのことだった。

「そういうわけらしいから、歩いて帰ることにならなくてよかったな、アルバート」

「いや、そこは義兄（あに）の為に、義弟（おとうと）が馬車を用意するところではないのか？」

「俺、厚かましい義兄はいらないんだ」

「その言い方だと、すでにお兄様はいらない存在ということになってしまいますよ」

「実の妹にいらない判定をされたね、アルバート！」

「まあ、アルバートが厚かましいのはいつものことだからな！」

こんな感じで久しぶりに我が家にアルバートたちの笑い声（&怒声）が響いた。そして、すぐにアムールやアウラも加わって騒ぎ声が大きくなり、いつの間にか人数分の昼食が用意されてアルバートたちの滞在時間が延びることが決定するのだった。この調子だと、夕食までいることになるかもしれない。

「あっと！　忘れるところだったけど、テンマに頼みがあるんだった」

食後のお茶を皆で楽しんでいると、突然カインがそんなことを言い出した。

「ああ、確かにそうだったな。テンマ、私たちに訓練をつけてくれないか？　警備隊の仕事が始まると、これまで以上に荒事に遭遇する可能性が上がるからな。それに、あの化け物と対峙した時に、少しでも生き残る可能性を上げたいからな。テンマとの訓練の中で何かしらのヒントを得ることができれば、隊全体の生存率も上がりそうだしな」

「それは構わないが……そうなると、俺はあの化け物と同じような動きをした方がいいか？」

「できるならそれでお願いしたい」

「まあ、そんなことをしなくても、テンマの場合は普通にしているだけで化け物じみているけどな！」

「なるほど……なぁ……」

と、いうわけで、アルバートの……というか、リオンのリクエスト通り、俺なりの戦い方であの化け物じみた動きをしてみることにした。その結果、

「行け、リオン！　責任を取って玉砕してこい！」

「骨が残っていたらなるべく拾って埋葬するから、遠慮せずに潰されてきて！」

「すまん！　まじで、すまんかった！」

開始早々に三人はあっさりと降参してしまった。

ちなみに、俺は開始直前に化け物の四つ腕を表現する為に、『ガーディアン・ギガント』を展開して三人に訓練をさせようとしたのだった。

「全く、化け物がお望みと言うから真剣に演技しようとしたのに、まさかお気に召さないとは……もしかして、もっと化け物感を出した方がよかったのか？」

「「「いや、違うからな！」」」

そんなわけで、気を取り直していつも通りの俺で三人の訓練に付き合うことになるのだった。

訓練は空が暗くなるまで続き、そろそろ夕食の時間というところで終わることになった。すると、

「四人ともすごく汗臭いですから、それ以上妊婦(プリメラ)に近づかないでくださいね」

「何でエリザがここにいるんだ⁉」

いつの間にか来ていたエリザから、プリメラへの接近禁止命令が出されたのだった。まあ、今の自分が汗臭いのは自覚しているし、汗と砂や土で汚れた三人がプリメラに近づいてしまい、万が一にもお腹の子に何かあったら大変なので、このままプリメラに近づかずに風呂場へ直行なのは当然のことだ。

カインとリオンも、素直にエリザの言うことを聞いて風呂場に足を向けたが、アルバートは接近禁止の理由よりもエリザがいることに驚いて不用意にプリメラ（の横にいるエリザ）に近づこうとしてしまった。すると、

「ちょえい！」

「うごっ！」

二人の後ろに隠れていたアムールに棒で突かれ（というレベルではない一撃だったが）て、腹を押さえながら膝をついた。

「プリメラはもうちょっと下がって……そこでいい。リオン！　さっさと汚れたアルバートを風呂に連れていく！」

「はいよ……そら、行くぞアルバート」

そして、アムールに命令されたリオンによって、風呂場まで連行されていった。


「それで、何か参考になるようなことはあったのか？」

「う〜ん……いい訓練にはなったけど、『これだ！』って感じのものはなかったかな？」

「そうだな。実際に化け物とやり合ってみないとわからんけど、手加減した状態のテンマの半分以下の強さだとしても、一人だと無理な気がするな。この三人でかかって、何とかなりそうというレベルか？」

「化け物の強さにも差があるみたいだけど、確かにそれくらいが妥当だろうね。ただ、あくまでも『長年の付き合いがある僕たちの連携で』だけどね」

まあ、俺とちょっと訓練したくらいで簡単にヒントを見つけることができる程度の化け物だったら、ここまで王都が慌ただしくならないだろう。それこそ、この三人より強い騎士はこの王都に数多くいるので、アルバートたちが警備隊として警戒に当たるようなことはなかったかもしれない。

「邪魔するぞ」

風呂場でくつろいでいると、じいちゃんが酒盛りセットを持ってやってきた。多分、じいちゃんを除いた男性陣が風呂場に移動したので、いづらくなってやってきたのだろう。

「アルバートは……って何じゃ、落ち込んではおらんのか。てっきりエリザたちに汚物扱いされて、落ち込んでおると思っていたのじゃがな」

じいちゃんは「何じゃ、つまらん」と言いながら風呂に入ると、すぐにカインがそばに寄ってお酌を始めた。

「いや、つまらないなどと言われましても……」

と、アルバート（洗髪中）は抗議……というほどではないが、じいちゃんの発言に返事をしたが……当のじいちゃんは酒の方に意識を向けていたので、アルバートは無視される形となった。

「マーリン様、警備隊が化け物と遭遇した時に、どうやったら生き残る可能性を上げることができると思いますか？」

カインがすぐにじいちゃんのそばに寄ったのは、何か警備隊に対してのアドバイスが欲しかったからのようだ。

「そうじゃな……出会ってしまったら死ぬ可能性が高いから、全員バラバラの方向に逃げるというのもいいかもしれんのう」

「マーリン様、それはちょっとカッコ悪いんで、何か他の方法はないですかね？」

じいちゃんの提案に、カインではなくリオンが口を挟んだが、

「何を言う。自分が勝てぬ相手に対して背を向けるのは、決して恥ずかしいことではないぞ。これが王国から給料をもらっている騎士や兵士なら問題かもしれぬが、お主たちのように経験の浅い者たちを集めた警備隊なら、別に逃げることは恥ではない。むしろ、無事に逃げた者が一人でも騎士

団に報告すれば、全体的な被害を抑えることに繋がるじゃろう」

「確かに……」

などと、逆に丸め込まれていた。

「じいちゃん、もうちょっと真面目に答えたら？　確かに騎士や兵士が逃げ出すのは問題だろうけど、アルバートたちのような責任ある立場の貴族が逃げ出すのも、それはそれで問題だよ」

「ん？　……あっ！」

俺の言葉に、リオンはじいちゃんの言っていることはあまり役に立たないと気がついたようだ。

確かにじいちゃんの言う通り、敵わない相手から逃げ出すことは仕方がないかもしれないが、それをすると色々な所から白い目で見られるだろう。場合によっては、廃嫡される者も出てくるかもしれない。

「逃げることも選択肢の一つでしょうが、後々のことを考えると、最低限の仕事はしておきたいんですよ」

カインの言う通り、結果的に逃げたのだとしても、戦って勝てないから逃げたのと、戦う前から逃げるのでは印象が大きく違う。

「じいちゃん、遊んでないで真面目に考えてあげたら？」

「仕方がないのう。もう少しリオンの反応を見たかったんじゃがな。すぐに思いつくものとしては、いくつものパターンを考えておいて、状況に合わせてどう動くかを事前に決めておくことじゃな。例えばじゃが、化け物と遭遇した場合は、まず距離を空けて弓や魔法で攻撃する。接近戦になった時は、決して一人で対応せずに、常に複数で囲むようにする……とかじゃな。学園や騎士団でも同じようなことを訓練しておるじゃろうからわかりやすいじゃろう。ただ、決められたパターン以外の行動をしなければならなくなった時は、あっけなく崩れる可能性もあるがな」

じいちゃんの考えも、大体俺が考えていたのと同じようなものだった。まあ、三人以外の隊員がどれくらいの強さと経験があるのかわからないので、無難な答えしかできないというところだ。

「パターンですか……そうなると、『戦う』『逃げる』『時間を稼ぐ』とかいう感じで分けて考えた方がいいかもしれませんね」

「そうじゃな。それと、わかりやすく簡潔にしないと駄目じゃろうな。そうでなくとも、絶対にいくつかのパターンがごっちゃになる者もいるじゃろうからな」

「なるほど、特に戦闘の経験がない奴ほどなりそうっすね！」

現状で一番間違えそうな奴が、さも自分は違うと言わんばかりにじいちゃんの提案に賛成していた。

「リオンは、自分がその筆頭だと理解してほしいところだな」

「まあ、リオンがそれくらい記憶力が良かったら、学生時代に学年トップの成績を取れたかもしれないしね」

リオンはほぼ体力的な試験だけで学年上位の成績を取っていたそうなので、記憶力が良ければトップ争いに加わっていたとしてもおかしくはないだろう。

アルバートとカインがリオンの学生時代のことを話している間に、当のリオンは二人の話（悪口含む）に気がつくことなく、思いついたパターンをじいちゃんに聞かせていた。まあ、そのうちの半分……いや、八割九割はじいちゃんに却下されていたが、却下された中にはもう少し改良したら使えそうだという案がいくつかあったそうだ。なお、アルバートとカインはリオンほど案を出さなかったので、風呂から上がった後でじいちゃんに注意されていた。

◆アルバートSIDE

「まさか、リオンよりも指揮官として劣ると言われるとは思わなかったな……しかも、作戦の立案についてで」

「まあ、確かに言われてみればそうなんだけどね……」

テンマの屋敷に相談に言ったあの日の風呂上がり、私とカインはマーリン様に叱られてしまった。マーリン様曰く、「使える使えないは別として、案を出さない者といくつも出す者の、どちらが指揮官として優れておるかわかっておるのか？」とのことだった。続けて、「確かに指揮官が全ての作戦を考える必要はないかもしれぬが、他人の出した作戦を実行するだけなら、その者は別に指揮官でなくともよかろう。リオンはそこまで考えておるわけではないじゃろうが、率先して動くことも指揮官には必要なことじゃ」とも言われた。

「それに、私たちは相談した立場だというのに、風呂場でいつものようにくつろぐだけというのは、普通に考えれば失礼すぎることだったな」

「そうだね。いつもと同じ状況だったらマーリン様は何も言わなかっただろうけど、僕たちが相談しに行った理由は生存率を上げる為……つまり、生き残る為だからね。怒られて当然だよ」

久々にテンマの屋敷に集まったせいで、いつもと同じようにはしゃいでしまった。そのせいで、本来の目的から大きく逸れて……というよりも、情けないことに完全と言っていいくらいに忘れていた。あの時の振る舞いを見ていたのがテンマとマーリン様だけだったからこそ大事にならなかったが、そうでなかった場合、警備隊の幹部を下ろされることになっていたかもしれない。

「そんな理由で幹部を下ろされたりしたら、家にも迷惑をかけることになるからな……私は戦場の父上に今回の件を知らせたぞ。おそらく数日中に怒りの手紙と共に、マーリン様への謝罪の品が送られてくるはずだ」

「僕もだよ。これを秘密にしておいて後でバレたら、どんな目に遭うか……まあ、それくらいで済めばいいけど、父さんどころか最悪マーリン様の信頼を失うことにもなりかねないからね」

カインも私と同じ考えだったようだ。正直、父上から怒られるだけなら耐えられるし挽回する自信もある。だが、信頼は戻りはしないだろう。もしかするとすでに失いかけているかもしれないが、完全に失う前に誠意を見せる必要はある……打算的な考えかもしれないが、テンマやマーリン様の信頼を失うのは、ものすごく怖い。

「そこでだ。今日の打ち合わせは夕方前には終わる予定だから、その後でマーリン様の所に謝罪に行かないか？」

「そうだね。僕もそれがいいと思うよ。おそらく父さんもサモンス侯爵家として何かしらの品を送るだろうけど、僕たちの謝罪と家からの謝罪は分けた方がいいよ。同時にやったら、どちらか……いや、僕たちの謝罪はついでだと思われるかもしれないからね」

「それでは、終わり次第向かうとしよう」

こうして私とカインは、マーリン様に改めて謝罪をする為にオオトリ家を訪ねたが……状況を理解していないリオンまでついてきた上に、私とカインの謝罪に合わせて何故か一緒に（意味のわからないまま）頭を下げたので、マーリン様とテンマは笑いをこらえていた。そのせいで、何とも締まらない謝罪となったのだった。なお、マーリン様とテンマは全く怒ってはいなかったが、プリメラの方はかなり腹を立てていたようで、謝罪の後でプリメラから叱られてしまった。しかも、その時にプリメラが先にマーリン様とテンマに謝罪していたと知り、何とも恥ずかしい気持ちになったのだった。

◆

「う～む……テンマ、予想通り帝国がハウスト辺境伯領に攻め込んだらしいぞ。それと同時に、サモンス侯爵領へも兵を進めておるらしいのう」

春になり、王都周辺から雪がなくなってしばらく経ったある日、じいちゃんはアーネスト様から届いたという手紙を読み、その内容を俺に聞かせてきた。

「侯爵領へは、山越えで進んでいるの？」

「はっきりとはわからんそうじゃな。一度数百ほどの分隊があからさまに進路を侯爵領方面へと進み、途中で姿をくらませたとのことじゃ」

帝国の分隊は、サモンス侯爵軍を挑発するように前方を横切り、追われると帝国領に逃げ込んだそうだ。侯爵軍といえども、さすがに帝国領に単独で攻め込むには戦力不足なので一度引いたそうだが、その分隊がそのままサモンス侯爵領を目指している可能性があるせいで、侯爵軍の士気が落ちているらしい。

「士気に関しては侯爵軍の一部を侯爵領に一時的に戻して対応に当たらせることで持ち直しを図るとのことじゃが、帝国に先手を取られた形のようじゃな」

「そうなると、サモンス侯爵は俺の渡したゴーレムを使うかな?」

「いや、まだ使わんじゃろう。作戦に支障が出ているといっても、劣勢というわけではないじゃろうからな。それに、戦争自体はまだ序盤といったところじゃから、切り札となり得るゴーレムはまだ隠しておきたいじゃろう」

　サモンス侯爵家としては帝国から嫌がらせを受けて出鼻をくじかれたものの、それが即戦況に影響のあるものではなく、すぐに立て直しのできる程度のことなので大きな問題はないだろうとのことらしい。

「サモンス侯爵よりも、カインの方がイラついているかもね。もしカインが戦場にいれば、サモンス侯爵領に向かった帝国軍はカインが担当しただろうから、手柄を逃したとか思っているかも。多分頭の中で、『自分が戦場に立つことになったらどんな手を使ってやろうか?』とか、普段から考えてそうだし」

　俺の言葉に、じいちゃんは「そうじゃな」と笑いながら、同封されていた俺宛だという手紙を差し出してきた。

「何が……ああ、警備隊の備品の調達依頼か」

　アーネスト様からの依頼とは、俺に警備隊で使う回復薬を用意してほしいとのことだった。

「自分で用意すればよかろうに」

「色々なところから調達するつもりなんじゃない？　最近、薬なんかは品薄が続くことも多くなってきているし、今後のことを考えたら警備隊で使う分を十分以上に確保しときたいんじゃないかな？　暖かくなってくるこの季節は、原料になる薬草が手に入りやすいからね」

俺なら自分で集めた薬草で回復薬を作ることができるし、市販のものよりも効果の高い薬にすることもできる。なので、市販のものを買い集めるよりも、俺に依頼を出して作らせた方が数も質も上で安上がりになると考えたのかもしれない。

「なら、いつもの薬を薄めて売りつけるとするか」

「いや、さすがにそれは信用問題になるからね」

いつものようにアーネスト様に対しての嫌がらせのつもりなのかと思い注意したが、じいちゃんは真面目な顔で、

「何を言うか。テンマの作る薬は市販のものの倍以上の効果があるのじゃ。ならば、それを倍に薄めれば、市販薬と同等かそれ以上のものが二倍用意できるということじゃろう。貴族出身の者たちのことじゃから、小さな怪我でも薬を使うはずじゃ。そんな奴に効果が高い薬を使わせるのはもったいないわい。あらかじめ薄めていることとその理由を納品の時にでもアーネストやアルバートたちに言っておけば、あ奴らも納得するはずじゃ」

薄めた薬とは別に、薄めていない薬も用意しておけば、文句ではなく感謝の言葉を口にするだろうとのことだった。確かにじいちゃんの言っていることはもっともで、アーネスト様たちが自分たちで薬を薄めて駄目にする可能性もあるので、先にこちらでやっておいた方が使いやすいかもしれない。

「薬草のストックはかなり残っているけど、先のことを考えたらなるべく使わない方がいいかもね」

基本的に、俺は自分で作る薬の材料は自分で集めるので、冒険者として活動している最中に、できるだけ薬草類は集めているのだ。それは子供の頃からの癖になっているので、マジックバッグの中に店が開けるほどの量の薬草（生や加工したものに、毒草などもある）を確保しているのだ。

ただ、今後しばらくの間俺は王都を離れるつもりがないので自分で集める機会はほぼないだろう。なので、我が家で使う以外の薬にはなるべく確保している分からは使わずに、店かギルドで集めた方がいいだろう。

「それがいいじゃろうが、それで数が確保できるかが心配じゃな」

「まあ、それで集まらなかったらストックから使うけど、この時期なら新人や金欠の冒険者が薬草集めに精を出すだろうし、ギルドに依頼を出せば大丈夫な気がするけどね。それと、一応ジェイ商会にも集めてもらえるように頼んでみるし」

ギルドには、今の買い取り金額に多少上乗せすれば依頼は引き受けてもらえるはずだし、ジェイ商会とは改革派相手に色々とあくどいことをした仲なので、断られる可能性は低いだろう。まずは今どのくらいの量が流通しているかを確かめる為にも、ギルドに行く前にジェイ商会に行った方がいいだろう。

そんな俺の考えはジェイマンに読まれていたようで、すでにかなりの量の薬草が確保されていた。どうやらここ最近の警備隊や軍部の動きから、王族と近しい関係の俺に製薬の話が来るはずだとジェイマンは考えていたそうだ。そのおかげでギルドで依頼を出す手間が省け、受け取ったその日のうちに薬の調合に入ることができた。ただ、できた薬の何割かはジェイ商会に卸すことを条件にだったけど……それでも買い取りという形なので、ギルドに依頼を出して薬草を集めるよりも安く済んだし、商会で仕入れた薬草は優先的に売ってくれるとのことなので、しばらくの間は安定して薬を作ることができる。

そんな感じで、当初の予定よりも早くさらに量も多く作ることのできた薬は、直接王都の外で警備を兼ねた演習をしている警備隊の所へ運ぶことになった……本当なら、王城のアーネスト様に持っていく約束になっていたので持ってきたのだが、思っていた以上に早くできたせいでアーネスト様は演習の様子を見に行っており不在とのことだった。なので、演習場所まで持っていくことにしたのだ。また改めて持ってきてもよかったが、薬がいつ必要になるのかわからないので外まで行くことにしたのだった。ただ、

「こうしてテンマさんと話すのは久しぶりですね」

「そうだね～」

という感じで、ティーダとルナもついてきたのだった。ちなみに、御者はアイナがやっている。一応二人の世話係……というか、ルナのお目付け役だ。そんな要注意人物とされているルナはというと、俺とティーダが近況について話している間、先ほどのように適当な相槌をたまに入れながら、ソロモンとシロウマルにおやつを与えていた。なお、二人が俺についてきた理由は、二人が揃って暇であったからということもあるが、俺一人が警備隊にいるアーネスト様を訪ねる際に王族がいれば、もろもろの確認や手続きが省かれるからというマリア様の配慮があったからだ。なお、そんな配慮の背景には、ついていく王族が王様になりそう（仕事の息抜きについてこようとした）なのにマリア様が気づき、二人を推薦したからだった。今頃王様は、マリア様とシーザー様に叱られてい

る頃だろう。

だが、俺としては息抜きについてこようとした王様の気持ちも理解できたりする。何せ、ここのところ帝国の侵略行為だけでなく、改革派の動きにも注意しなくてはいけないので、王国のトップである王様の仕事量は、俺では想像できないくらいにきついものになっているはずだからだ。王城から出る時に見送りに来たクライフさんに、マジックバッグに常備しているお菓子の詰め合わせを預けてきたので、それを多少ではあるだろうがストレス解消に役立ててほしい。

「ティーダ様、警備隊へ先ぶれを出します。ルナ様、三〇分もしないうちに到着すると思われますので、今から準備をお願いします」

アイナの言い方に、いつも準備が遅いルナが反論しようとしたけれど……ティーダに怒られてふてくされてしまった。ちなみに、先ぶれに向かったのは近衛隊の騎士で、今回の訪問の為に二〇名がティーダとルナの警護に就いている。

「わざわざこんな所まで届けさせてすまんのう。ティーダもよく来た……で、ルナは何をふてくされておるのだ？」

警備隊の野営地に到着すると、入口の所でアーネスト様が出迎えてくれた。そして、すぐにアーネスト様はルナが不機嫌なことに気がつき、俺に理由を訊いてきた……俺に訊くあたり、ティーダと何かあったということに気がついているのだろう。

「まあ、それは後で話すとして……先に依頼の方を済ませたいので、薬はどこに持っていけばいいですか？」

「うむ、そうじゃな。薬は……まずはわしのテントで物を確かめさせてもらってもよいかのう？　その後すぐに分配できるように係の者を来させるから、その者に預けるとよい。では行こうか。ルナ、お菓子を出すから、ちゃんとついてくるのじゃぞ」

「私、そんな子供じゃないもん！」

などと言いながらも、ルナは大人しくアーネスト様の後に続いた。多分、お菓子がなければ野営地の見学などと言って、ティーダから離れるつもりだっただろう。


「ふむ、ではこれが薄めているもので、こちらが濃いものか。薄いものでも、市販のものと変わらぬ効能があるのは間違いないのじゃな？」

「はい、何本かランダムに選んで試してみましたが、市販のものとあまり差は感じませんでした」

まあ、試したといっても自分の腕に二つ傷をつけて、自作のものと市販のものを塗って数時間後の回復具合を見ただけなので確実とは言えないが、市販のものよりは治りがいいといった感じだった。

「テンマがそう言うのなら問題はないじゃろう。代金の方は数え終え次第算出させるから、少し待っておってくれ。その間警備隊の見学……いや、テンマにはカインの話し相手になってもらえんか？」

警備隊の知り合いとなれば限られているので、カインがいるのなら会いに行って話すのは構わないのだが、何故アーネスト様から頼まれるのかがわからなかった。

「テンマはサモンス侯爵領に帝国軍が向かおうとしたのを知っているじゃろ？　実はその後の知ら

せで、いくつかの村が帝国軍と思われる者どもに襲われたそうじゃ。幸い……と言っていいのかはわからんが、侯爵領の見回りをしていた騎士団が撃退したそうじゃが、撃退するまでに十数名の死者が出たらしく、その知らせを受けてからカインの様子が変わってのう。ここのところピリピリしておるのだ。サポートに付けておる『暁の剣』のガラットが何かと気を配っておるが、それでも周囲の者が萎縮しておってな」

「つまり、元のカインに戻してこいと？」

「そうじゃ。手段は問わん」

「了解です。カインをボコって報酬がもらえるなんて、何て素敵な依頼なんでしょう！　張り切って行ってきます！」

そう言って俺は、アーネスト様のテントを飛び出た。カインの居場所を聞き忘れたが、そこらへんにいる人に訊けばいいし、知らないと言われても『探索』を使えばすぐに見つかるはずだ。飛び出る寸前に、「依頼では……」とかいう声が聞こえた気がしたが……気のせいだろう。

アーネスト様のテントから出てほどなくして、知り合いが三人固まっているのを発見した。ちょうどいいので、あの三人にカインの居場所を訊くことにしよう。

「リオン、ジン、リーナ。カインの居場所を知らないか？」

「ん？　おお！　テンマじゃないか！　何かあったのか？」

三人に近づいて声をかけると、リオンが驚きながらここにいる理由を訊いてきたので、とりあえず簡単に説明した。ちなみに、俺が声をかける前にジンとリーナは気がついていたみたいだが、リオンが気づくまで黙っていたようだ。もしかすると、リオンを差し置いて返事しない方がいいとでも思ったのかもしれない。

「カインの部隊はここじゃないぞ。確か、え〜っと……」

「ここより数百メートルほど北に行った所です。そして、アルバート様の部隊はここより数百メートルほど南にあります」

北を指差して言葉に詰まったリオンの代わりに、リーナが大体の距離（リーナが指差した方角はリオンの指差した所とは少々ずれていた）を教えてくれた。

「そうそう、大体そんなもんだな。そういやテンマ、カインの奴最近ちょっと機嫌が悪いから、話を聞いてやってくれ」

「ああ、アーネスト様にも頼まれた。何してもいいから、元に戻してくれって」

そう言って握り拳を見せると、

「そうか！　それは助かる！」

と、喜んでいた。そんなリオンの隣では、ジンとリーナが握り拳の意味に気がついたみたいで、苦笑いをしていた。

リーナに教えてもらった方角へと歩くと、すぐにいくつかのテントが見えてきた。その中の一番大きなテントへと向かうと、そこにはカインが何かの書類を真剣な顔で見ていた。集中しすぎて、俺に気がついていないようだ。

「何？　ん？　テンマ、何か用？」

俺に気がついたのはカインから少し離れた所にいた隊員で、カインが気がつかない上に俺が動かないので、少し嫌そうにしながら知らせた感じだ。

それにしても、いつもとは違いカインの言葉にはどこか棘があるように感じる。会ってすぐの俺がそう感じるくらいだから、いつも一緒にいる隊員たちは、身分の差もあってたまったものではないだろう。

「カインに稽古をつけてやってくれと、アーネスト様から依頼を受けてな。そういうわけで、行くぞ！」

「そんな暇はないんだって！」と叫ぶカインを、強引に引っ張って広場へと連れていった。

「武器は……弓だとカインは逃げ回るだろうから、接近戦ができるもの……いや、この際だから、格闘にしようか？　ちょうどじいちゃんと訓練する時のグローブがあるし……サイズは俺の予備が合うかな？」

着替える時間はないので、上着を脱いだ状態でやり合うことにした。

カインはとても嫌そうにしていたが、見物人が増えて逃げ出す機会を失っていたので、わざと時間をかけて上着を脱ぎ、俺の渡したグローブを着けていた。

「カイ～ン、頑張れよ～！」

「一撃でも入れることができれば、カインの勝ちのようなものだぞ！」

いつの間にかリオンとアルバートが見物人に紛れて声援を送っていたが、カインは聞こえないふりをしている。

「準備ができたのなら、カインのタイミングで始めていいぞ。まあ、時間をかけすぎたら、こちらから行くけど」

「ああ、もう！　何でこんなことしなきゃならないのかな！」

カインはやけくそといった感じの攻撃を繰り出してきたが……元々格闘はそれほど得意というわけではなく、さらには感情のままに動いていたので、攻撃をいなすのは簡単だった。

「カイン、攻撃がめちゃくちゃだぞ。もっとしっかりと狙わないと」

「だったら、テンマが早く終わらせたらいいじゃないか！　僕は一刻も早く部隊を作り上げて、領地に戻りたいのに！」

一瞬、警備隊をサモンス侯爵領に派遣してもらえるようにするのかと思ったが、カインの吐き出す言葉から推測すると、どうやら今担当している部隊が機能するようになったら、警備隊を辞めさせてもらうつもりのようだ。実際には警備隊を辞めたとしてもカインがサモンス侯爵領に戻る許可は下りないと思うが、今のカインにはそんなことを考える余裕がないのだろう。

カインがため込んでいたものを吐き出している間も、俺は攻撃はせずに全ての攻撃をいなし続けていた。これで多少のストレス発散になって、カインがいつもの状態に戻ればいいと思ってのことだったが……次第に腹が立ってきて、自分でもわかるくらいいなし方が乱暴になっていった。

「仮にカインが侯爵領に戻ったとしても、今のままだと足手まといになるだけだ。経験不足に実力不足……そんな奴に率いられて戦う部隊は、早々に壊滅状態に陥るだろうな」

いなし方と同時に、口撃(ちょうはつ)もひどくなっていたが、これに関しては完全に自分の意志だった。

「だとしても、テンマに言われる筋合いはない！　僕のように、守るべき者たちを守れなかった経験なんてないくせ、ぶっ！」

挑発しておいて何だが、カインの言葉を聞いた俺は反射的にカウンターを放っていた。一応手加減はしていたので大怪我はしていないと思うが、それでもカインは数メートル転がっている。

「カイン、俺は守るべき者たちを守れなかった経験はないかもしれないが、守れるはずだった人たちを守れなかった経験はあるぞ。それも、目の前でな」

俺の言葉にカインだけでなく、周囲で見物していたアルバートたちや隊員たちも静かになった。

「あの時、ドラゴンゾンビが現れてからすぐに『テンペスト』を使っていれば、父さんも母さんも死ななかったかもしれない。確実に倒すことができなかったとしても、初手でかなりのダメージを与えることは可能だっただろう。それこそ、被害を極力少なくできるほどに」

『テンペスト』を使った時、ドラゴンゾンビはその前の攻撃で弱っていたから倒すことができたのかもしれないが、もしかすると弱っていなくても倒せたかもしれない。仮に『テンペスト』を使うのが初手でなかったとしても、父さんや母さんに『テンペスト』の存在を伝え、それを念頭に入れた戦術を組み立てていれば、二人が死ぬことはなかったのではないかと俺は今でも思っている。実際にドラゴンゾンビ相手に善戦していたのだ。父さんたちと協力して隙を突けば、『テンペスト』を発動させることは可能だったはずだ。

「それができなかったのは、俺に覚悟がなかったからだ。あの時は今のように安定して『テンペスト』を放つ自信がなかったから、もし失敗すると死んでしまうかもしれなかったからな。皆で命を懸けて戦っている最中に、俺はギリギリのところで一歩踏み出す勇気がなかった。まあ、使わなくても善戦していたことも理由の一つだけどな。それでも、あの時使っていれば、父さんと母さんが死ぬことはなかったかもしれない」

それは『たら・れば』の話だから意味はないかもしれないが、これまでカインのような後悔をしたことがないという風な言い方は癇に障った。

「起こってしまったことはもうどうにもできないし、サモンス侯爵が手を打たないはずがない。それにカインが戦場に出て倒れでもしたら、侯爵家の士気は壊滅的になるぞ。それは戦場に少なくない影響を与えることになるはずだ。それとそもそもの話、カインたちが王都に残るのは人質という側面もあるはずだけど？　だとすると、そう簡単に王様たちが戻る許可を出すとは思えない。それがわかっているから、あのリオンですら大人しく王都に残っているというのに……」

地面に転がったままのカインは俺の話を聞くと、顔を伏せたまま動かなくなった。稽古（という名のしごき）を始めた時のような感情の高ぶりは感じられないので、これで大丈夫だとは思うがもしだめなら俺に打つ手はないだろう。

「テンマ……」

カインが何か話そうとした時、

「伝令！　でんれ――――い！」

一人の騎士が騎乗のまま警備隊の野営地の中を駆け抜けた。

特別書き下ろし

ナミちゃん大活躍！

「は～……やっぱ、のびのび泳ぎ回れるっちゅうのは、最高やな。魚の特権や」

リンドウに入る少し手前で、琵琶湖かと思うくらいの湖を見かけてしまったわいは、思わず馬車から飛び降りて水に飛び込んでしもうた。

ただ、何も考えずにテンマたちから離れてしまったので、リンドウの中にあるというプリメラの実家の場所がわからん。まあ、いつも王都でしているように夜中にこっそりと街に忍び込んで、一番大きな屋敷を探してテンマに念を送れば出てきてくれるやろう。もしくは、このまま湖で一晩過ごせば、明日の夕方頃までにはテンマたちの誰かが様子を見に来るやろうし、問題はないはずや。

「それにしても、なかなかおいしそうな魚が沢山おるな。いっちょ、サンガ公爵のお土産にしよか」

さすがにサンガ公爵の住んどるリンドウの湖やから、ここの魚は飽きるほどに食べとるやろうけど、こういうんは気持ちやから喜んでもらえるやろ。

そういうわけでわいは、特に丸々としていかにも「僕、脂がのっておいしいんです！」、みたいな顔して泳いどるサケに似た魚を二〇～三〇匹ほど捕まえた。

その後ついでに、わいのおつまみになりそうな貝を探して泳ぎ回っていると、

「何や、水面が騒がしいのう……あいつが原因かい！」

上の方で、大きな水ヘビのような細長い魔物が暴れとった。どうやら、近くの小舟を襲っとるようや。

「これは、ちょっとまずいんちゃうか？　あのヘビっぽいのは、わいからしたら大したことなさそうやけど、一般人やときつい相手やろうな……ちょっと、助けたるか！」

あの小舟におるんは間違いなく人やろうし、冒険者か漁師かはわからんけど、リンドウかこの周辺の村を活動拠点にしとる可能性が高い以上、サンガ公爵とプリメラの為にもできることはした方がいいしな！　……それとさっき捕まえたサケや貝が、もしかすると漁業権の必要なものかもしれんし、その時の為にも恩を売っておいて損はないやろっ！

そんなわけでわいは、ほんの少しの義侠心とその数倍、数十倍の下心を持って、

「ナミちゃん、いっきま～す！」

水面に急浮上した。気分は魚雷やな！　ナミちゃん式超級覇王電影魚雷とでも名付けよか！

水魔法と風魔法で速度を出し、さらに回転を加えたナミちゃん式超級魚雷（長かったので省略することにしたったw）は、思い付きの技にしては想像以上の速さと威力を兼ね備え……過ぎてしまい、予定では空中にヘビを弾き飛ばすだけやったのに、ヘビはナミちゃん魚雷（また縮めたったw）に触れた瞬間、木っ端みじんに爆散してもうた。ついでにわいも、その勢いのまま一〇〇メートルくらい上空まで飛び上がり……そのまま垂直に落下して水面に叩きつけられた。

「痛いな～もうっ！　……って、そないなこと言っとる場合やなかった！」

助けるつもりが逆にひどい目にあわせてもうたと、急いで周囲を『探索』で探すと、わいの場所から数百メートルほど離れた所に二つの反応があった。舟は壊れてしもうたようやけど、どうやら

生きているみたいや。

「急げや、急げ――――！」

いくら生きているみたいといっても、動きがないっちゅうことは気絶しているか大怪我をしている可能性がある。それに、わいが爆散させてもうたヘビの血や肉のにおいに釣られて大型の魔物が来ないとも言い切れん。むしろ来るやろう。

今のところはワイよりも近い位置に肉食の魔物はいないようやけど、鼻の利く奴は様子を見ながらこちらに近づいてきているみたいや。

「おっ！　遭難者発見！　あれは親子みたいやな！　お～い、ナミちゃんが助けに来たで～！」

子供の方は怪我もなく意識もしっかりしているようやけど、父親の方は気を失っているらしく、今は舟の破片に服が引っ掛かって浮かんどるけど、このままやといつ沈んでもおかしくないな。

「ちゅうわけで、まずはおとっつぁんの方から……」

「父ちゃんに近づくな！　この化け物！」

「いや、わいはお前のお父ちゃんを……」

「この化け物！　あのヘビだけじゃなく、俺たちも食うつもりだな！」

「せやから、あなたのお父ちゃまを……」

「父ちゃんの船を壊して俺たちを動けなくして、ゆっくりと食うつもりなんだ！　この鬼！　ろくでなし！　くそ野郎！　鬼畜！　変態！　化け物！　化け物！　化け物！」

この子供は、とにかくわいの悪口を叫んで父親から放そうとしているみたいやけど、いい加減にせんといくら心の広いナミちゃんも……

「まずそうな化け物はどっか行け！」

「黙れ、小僧！　今お前らを助けられるんは、わいだけなんや！　大人しく助けられとけ！」

ついに怒ってもうた。いくら何でも、まずそうは酷いやろ！

子供は、わいの怒っている様子を見て泣きそうになったものの、それでも父親からわいを引き離そうと悪口を続けていた。その根性だけは褒めてやるけど、まずそうと言った回数はちゃんと覚えておくからな！

「おっと！　何とか間に合ったな！」

子供に気を取られたせいで父親の引っかかっていた服が破けてしまい、間一髪のところで救い出すことができた。まあ、もし沈んでしもうたとしても、わいなら簡単に助けられたんやけどな！

続いてまだわいの悪口を叫んでいる子供も回収し、二人を振り落とさない程度に急いで岸まできき野次馬に来ていた漁師に二人を引き渡すと、漁師たちはすぐに父親の様子を確かめてとった。

子供は漁師に預けられてようやく大人しくなったようで、わいの悪口は言わんくなった。

「それと先に言っておくけどな。わいはここの領主のサンガ公爵の娘のプリメラの旦那のテンマ・オオトリとはツーカーの仲や！　親友でマブダチで義兄弟のような間柄や！　変なことして困るんは、わいやないからな！　そこんとこ気をつけとき！」

野次馬の中には、わいのことをいやらしい目で見とった奴が何人かおったから、先に忠告だけはしといた。テンマのことをよう知らんかったとしても、サンガ公爵とその娘のプリメラはもちろんのこと、プリメラが結婚してちょうどその旦那を連れてリンドウに里帰りしとるというのは、少し調べれば簡単にわかることや。

念の為テンマにもらったオオトリ家の家紋入りの旗を見せて何人かが納得したところで、わいはもう一度湖に飛び込んでヘビのにおいに釣られて集まってきとった魔物の退治を行うことにした。

溺れとった親子は救助したし、このまま魔物のことは放っておいてもええんやけど、このまま集めるだけ集めて無視しておいて、もし何か起こってしまうとナミちゃんは良心の呵責にさいなまれておいしいご飯が喉も通らんくなるかもしれんし、何よりあの小僧によって傷つけられた繊細な心を癒す為には、それ相応の犠牲が必要なんや。ほな、撒き餌に寄ってきたアホな魔物たちには、わいの憂さ晴らしに強制的に付き合ってもらおうか！

「ほあっちゃ――――！」

◆名もなき漁師ＳＩＤＥ

「誰か、騎士か兵士を捕まえて、今の鯉？　魔物？　の言っていたことが本当かどうか確かめてこい！　それと、誰かこの男の治療をしてくれ！」

リンドウの漁師で俺が知らない奴はいないはずだから、多分この男はリンドウから離れた所に住んでいる漁師だろう。公爵様に税を納めていれば、この湖で誰が漁をしようが問題はないが、他所の領から来たり許可を取らずに行っているのならば、その身柄を拘束しなければならない。

「それで坊主。お前らはどこから来た？　それと、さっきの奴との関係は？」

見たところあの男に大きな外傷はないようだが、気を失っているということは頭でも打ち付けた可能性が高い。もしも見えないところが原因で意識を失っているのなら、俺やここにいる奴らにどうにかできるとは思えないし、もしも今意識を取り戻したとしても、すぐに話を聞ける状況にはならないだろう。そうなると、理由を話せるのはこの坊主しかいない。

ただ、話を聞きたいだけだというのに、この坊主はさっきの鯉でいいか……が怖かったのか怯えているようで、話せる状況ではないようだ。すると、

「強面の奴らが四方を囲んだら、怖がって話なんかできるわけないでしょうが！」

いつの間にか来ていたうちの母ちゃんに、何か硬いもので頭を叩かれた。

その後、母ちゃんを中心とした女衆が坊主から話を聞きだすと、どうやら舟を壊したのはあの鯉のようだが、ここまで運んできたのも鯉だということがわかった。しかし、舟を壊したといっても、その前に二人はレイクサーペントと呼ばれているヘビの魔物に襲われており、あの鯉は二人を助ける為にヘビに攻撃を仕掛け、その余波で舟が壊れたのではないかとも思えることを坊主は言っていた。そして、この二人はサンガ公爵領に住む正規の漁師だということも。

「どうなっているかはわからんが、あの鯉は意思疎通ができるようだから、話を聞いてみらんことには……って、おいおいおいっ！　何じゃありゃ！」

あの鯉がもう一度こっちに来ないかと湖の方に目を向けると……すごい勢いでこちらに泳いでくる魔物の群れが現れた。

◆

「何や、この湖にはワニやらサメやらおるんやな……って、どないしたん？」

あのヘビのにおいに釣られて集まっとったワニやらサメやらを退治して戻ってくると、岸におった野次馬たちは逃げたりその場にうずくまったり、わいに武器（のようなもの含む）を向けとった。

「何があったかは知らんけど、人にそんなもん向けたらあかんで。これ置いとくから、ちょっと見といてな」

戻ってくる前に、しばいたサメの一匹をバラシて新しい撒き餌にしといたから、またアホな獲物が寄って来とるかもしれん。あの数匹だけじゃ、ナミちゃんの気はまだ晴れんしな！　それに、なんや楽しくなってきたとこやし！

んで、もっかい餌に集まってきとった獲物をしばき終わって岸に戻ろうとすると……何や、さっき一番前で驚いとった男と、冒険者風の輩が揉めとるのが見えた。その様子を眺めながら聞き耳……はさすがに無理やから、読唇術で話している内容を断片的にやけど調べてみると、

「あいつら、泥棒かいな……いい度胸やんけ！」

悪もんがわかったわいは、獲物を引っ張って戻って……輩どもをしばいたった！　それはもう、容赦なく！　まあ、殺しはせんかったけど。

その後、驚いとった男がリンドウの漁師たちの元締めやとわかったんで、この山積みの獲物の一部を渡すことを条件に、獲物の見張りを頼むことに決まった。ついでに、捕まえたサケや貝のことも、本来なら許可が必要な量やったらしいけど、それらに関する諸々の許可ももらえたし、わいはもう少し漁師たちの邪魔になる獲物を狩るとするかな。

異世界転生の冒険者⑭／完

あとがき

『異世界転生の冒険者14巻』を読んでいただきありがとうございます。作者のケンイチです。

新婚旅行と量産型ゴーレムが中心となる今回の話ですが、いかがだったでしょうか？　戦争の話もちょろっと出てきました。本格的になるのは次巻からとなります。

最初の頃の構想では、国対国のような戦争話はなかったのですが、話を進めていくうちにこのような形に落ち着きました。なお、戦争話にならなかった場合、『大老の森』で遭遇したリッチがラスボスになる予定でした。それが中ボスというか、小ボスのような扱いになりました。

そんな小ボスのリッチに関係するような話も、今後少しだけでも出せればと思っています。本当にちょろっとだけになるとは思いますが。

今後の話の流れですが、ＷＥＢの方でも読んでくださっている方は勘づいていると思いますが、そろそろ終わりが近づいてきています。今回の戦争は物語の終わりの始まりのようなものです。

書籍版もあと数巻で終わると思いますが、最後まで応援よろしくお願いします。

ケンイチ

異世界転生の冒険者 ⑭

発行日　2023年1月25日 初版発行

著者 ケンイチ　イラスト ネム

発行人 保坂嘉弘

発行所 株式会社マッグガーデン

〒102-8019 東京都千代田区五番町 6-2
ホーマットホライゾンビル 5F

編集 TEL：03-3515-3872　FAX：03-3262-5557

営業 TEL：03-3515-3871　FAX：03-3262-3436

印刷所 株式会社広済堂ネクスト

装　幀 ガオーワークス

ISBN978-4-8000-1274-6 C0093　Printed in Japan